悪役令嬢の矜持《きょうじ》2

～婚約破棄、構いません～

Characters
登場人物紹介
フリード
規格外の武力を持つ辺境伯。クリスティーナに一目惚れし、溺愛するようになる。
クリスティーナ
誇り高き公爵令嬢。王太子と婚約していたが、その婚約を破棄された。現在、自分の価値を高めるために奮闘中。

パウル
クリスティーナと同じ学園に通う天才魔導師。
イェルク
宰相の息子。王太子の側近候補。
アレクシス
この国の王太子。努力家に見えるソフィアを愛するようになり、クリスティーナとの婚約を破棄する。
ソフィア
乙女ゲームのヒロイン。中身は転生者で、その知識を活かし王太子とハッピーエンドを迎えた。

目次

悪役令嬢の矜持２

～婚約破棄、構いません～

プロローグ

私――クリスティーナ・ウィンクラーには前世の記憶がある。

それによると、私の生きるこの世界は乙女ゲーム『蒼穹《そうきゅう》の輪舞《ロンド》』の舞台で、自分に与えられた役割は、ゲームのヒロインであるソフィア・アーメントの恋敵、王太子アレクシス・シュタイアートの婚約者として登場する「悪役令嬢」だった。

私がその記憶を取り戻したのは、全てが終わった後。まさに王太子殿下より婚約破棄を言い渡された瞬間であり、既《すで》に物語はアレクシスルートでのハッピーエンドが確定していた。

私は絶望した。価値なき者として打ち捨てられる未来が途方もなく恐ろしく、そして、どうしようもなく悔しかった。

けれど、だからこそ、抗うことができたのかもしれない。

父であるウィンクラー公爵に王立学園の退学を突き付けられ、どこぞの条件の悪い男のもとに嫁《とつ》げと命じられた時、私は形振《なりふ》り構わないことを決めた。蔑《さげす》まれ、厭《いと》われようと、私は……私だけは、自分の生を諦めるわけにはいかない。

父との交渉の末、「首席であり続けること」を条件に、私は王立学園を卒業するまでの猶予期間を得る。その条件は、同時に私自身の目標でもあった。

しかし、当然のこと、学園に私の味方はいなかった。

一つ年上の王太子が学園を卒業した後も、彼の最愛であるソフィアを害した事実は残る。特に、彼女が尊き前王家の血を引くことが判明した後は、その正当性を盾に、私への当たりは苛烈《かれつ》さを増した。

そんな中でもたらされた二つの出会いが、私の人生を大きく変える。

図書館で出会った二人、トリシャとウェスリーの存在が私の心を温め、そして、トリシャの兄、タールベルク辺境伯であるフリードの存在があったからこそ、私は――

第一章　聖なる夜を越えて

「え……？　聖夜祭に、私が出席するのですか？」

「そうだ」

学園の寮に現れた家の遣いに連れられて戻ったウィンクラーの邸《やしき》。秋の剣術大会以来となる面会で、父から告げられた内容に困惑を覚える。

「それは……、許されるのでしょうか？」

己の貴族令嬢としての評価はいまだ地に落ちた状態。王宮主催の大夜会である聖夜祭に姿を見せれば、ウィンクラーとしては要《い》らぬ誹《そし》りを受けることになる。

それを案じての問いに、父は淡々と答えた。

「本来なら、タールベルク伯にお前を伴ってもらいたいところだが、この季節、伯は領地を離れられんという。ならば、致し方あるまい。ユリウスの同伴を許す。お前だけでも顔を出してこい」

「フリード様の代わりに、お兄様と……」

春に出会った己とフリードの関係には、いまだ明確な名がついていない。互いに想い合う仲であり、彼からは婚姻の申し込みも受けたが、父は、婚約を二家間の内々のものに留め置いている。

王太子殿下の不興を買って婚約を破棄された己が北の雄であるタールベルク家当主と早々に婚約

を結び直すことは、王家への翻意《ほんい》を疑われかねない。それを案じての保留であるが、そんな中で、父が己とフリードを夜会へ出したがった理由はなんだろうかと考える。

「……春には婚姻だ」

父の確定的な物言いに、一瞬、躊躇《ためら》ってから「はい」と答える。

「ウィンクラーとタールベルクの縁組ともなれば、それなりの準備が必要だ。が、如何《いかん》せん、北の地は遠い。いくら伯の名が知《し》れ亘《わた》ろうと、王都での立ち位置はいまだ盤石《ばんじゃく》とは言えん」

父の言わんとしたことが分かり、「なるほど」と首肯する。

フリードが王都の剣術大会で優勝を飾ったのが、一月《ひとつき》前。国王陛下より直接お褒めの言葉を頂き、彼の武勇はいまだ王都の社交界を賑《にぎ》わせてはいるが、北の辺境――魔物討伐最前線の長という立場にある彼は、早々に領地へ帰還してしまった。

社交界での地位を確立するための絶好の機会であっただけに、父は不満らしいが、それでも――かの地の護《まも》りを考え、その不満を口にすることはなかった。

(フリード様が出てこられない以上、代わりに表に立つのが私の役目……)

春には婚姻。それを可能にするためには、今、動き出しておかねばならない。

まずは、人前に出ること。

聖夜祭に出席すれば、間違いなく針のむしろだが、ここで己が引きこもり続けても後手に回るばかり。その負担はいずれフリードに降りかかる。

「承知しました。お兄様にエスコートをお願いします」

無表情に「ああ」と頷《うなず》いて返した父が、言葉を続ける。

「聖夜祭用に、服を新調しろ。……春に向けての服もだ。婚姻式の衣装も、併《あわ》せて発注していい」

「……ありがとう、ございます」

思わぬ言葉に、返事が一拍遅れる。

確かに、春に式を挙げるためには、ウェディングドレスの製作は急務。むしろ、今からでは遅いくらいなのだが、父が許したということは公爵家の力を用いて良いということ。であれば、式には十分間に合うだろう。

(……結婚式。ウェディングドレス、か)

事務的な話とはいえ、急に動き出した自身の結婚準備に戸惑《とまど》う。フリードとの婚姻を心待ちにする想いに嘘はないが、正直、それどころではない現状、いまだ実感が持てない。

覚束ない自身の先に思いを馳《は》せていると、父に名を呼ばれた。

視線を向けた先で、父が厳しい表情を浮かべている。

「……時に、お前の目から見て、リッケルト侯爵家のテレーゼとはどういう娘だ？」

「は……？」

脈絡のない問いに、考える前に口から音が漏れていた。父の眉間《みけん》の皺《しわ》が深くなる。

「……リッケルトからユリウスに、娘を嫁《とつ》がせたいとの申し出が来ている」

「っ!?　まさか、そのお話を受けるおつもりですか？」

驚いて尋ねると、父はフンと鼻を鳴らして答えた。

「まぁ、当代はどうしようもない愚物《ぐぶつ》だが、次代には、多少、期待が持てる。今のウィンクラーにとって、悪い話ではない」

「それは……」

父が言う「今」とは、己の周囲から、所謂《いわゆる》、取り巻きをしていた令嬢たちが離れてしまった現状を指す。ウィンクラーの分家を始め、公爵家に嫁《とつ》ぐに相応《ふさわ》しい者たちを己の傍《そば》に置いてユリウスとの接触を持たせ、彼自身に気に入る相手を選ばせる。それが元々の父の考えだった。

それが、己の周囲から人が離れてしまったため、計画が頓挫《とんざ》した。もちろん今でも、ユリウスが望めば——よほど無茶な相手でない限り、婚姻を結ぶことは可能だろう。

ただ、本人にその気がない。と言うよりも、いまだ、よほど無茶な相手——ソフィア・アーメントを忘れられずにいる。

（本当、何をやっているんだか……）

呆《あき》れを含んだ嘆息は胸の内にしまう。自身の立場を分かっているはずのユリウスが、ここまで片恋を引きずるとは。

このままでは、彼にとって最悪な結末を迎えることになるだろう。そして、己にとっても、テレーゼは決して望ましい義姉とは言えない。彼女に対する嫌悪感を隠さず、父の問いに答えた。

「……テレーゼ様は、一言で言えば、性根の腐った救いようのないお嬢様です」

「ふん。当代譲りというわけか」

「はい。淑女としての教養やマナーに問題はありませんので、公爵夫人としてそつなくこなすとは思います。ですが、それはあくまで表向き。お兄様とは相容《あいい》れないでしょうし、邸の者たちも受け入れ難いかと……」

「なるほど。……だが、まぁ、飼い殺す分には問題ないということだな」

不穏な言葉に思わず閉口する。父は思った以上にこの婚姻に乗り気なようで、不安が募《つの》る。

「あの、お父様、何故《なぜ》、リッケルトなのでしょうか？　家格で劣るとも、お兄様に相応《ふさわ》しい方は他に大勢いらっしゃいます。わざわざ、テレーゼ様を選ばずとも……」

こちらの問いに一拍置いて、父が口を開く。

「プルーク侯爵家が、ソフィア・アーメントの後見に名乗り出た。あの娘を養女とし、王家へ嫁《とつ》がせるつもりでいる」

「そういう、ことですか……」

それは、ウィンクラーにとってもリッケルトにとっても、あまり望ましくない事態だ。リッケルトにとっては、同列の侯爵家から王太子妃――次代の王妃が出ることになる。現在、わずかにプルークを凌《しの》ぐ彼らにとっては大きな痛手となる。

（それを、政敵である我が家と手を組んで巻き返そうというわけね……）

ウィンクラーとしても、己を排して王太子妃に納まるソフィアのバックに侯爵家がつくとなると、多少の用心が必要になる。相手が男爵家ならば問題なかったが、侯爵家となると、その影響力は大きい。間違いなく、プルーク家の存在感、発言力は増すだろう。

（そういうことなら、もう、これは私の範疇外《はんちゅうがい》、ね……）

一応、テレーゼを知る身として意見を求められたのだろうが、後は、家と――辛《かろ》うじて、ユリウスの問題だ。

できれば、身内にテレーゼのような人間を抱えたくないというのが本音だが、こちらは家を出る身。残念ながら、ここでの己の抵抗は意味を成《な》さない。後はもう、ユリウスが彼女を拒み、父を黙らせるだけの代案を用意してくれることを願うのみだ。

自然と、口から諦念のため息が零れ落ちた。

◇　◇　◇

迎えた聖夜祭当日。ウィンクラーの力を存分に用いて仕立てた夜会服に身を包み、私はユリウスと二人、公爵家の馬車に揺られていた。

ユリウスの胸に刺された生花の薔薇《ばら》――その薄いピンクの色味に、誰かの姿を連想せずにはいられない。

その妄執《もうしゅう》のような未練を笑えないのは、己自身がフリードの瞳の色を全身に纏《まと》うから。

彼との婚約を公《おおやけ》にしていない現状、この色の意味に気付く者などいないというのに――

「降りるぞ」

物思いに耽《ふけ》る内、会話もないまま王宮に到着した。

ユリウスに促《うなが》され、車寄せに止まった馬車から降り立つ。義務として差し出された手にエスコートされ、会場に足を踏み入れた。

（……すごい人の数、ね）

　年の終わり、その最後を締めくくる「聖夜祭」は、新たな年の訪れと共にお迎えする精霊たちを称《たた》えるもの。国中から王侯貴族が集まるこの日は、王宮の大広間でさえ狭く感じるほど、多くの人で溢《あふ》れ返《かえ》っていた。

（これが年をまたいで続くんだから、やっぱり、かなりしんどいかな……）

　しかも、己は歓迎されない存在。着いた途端に帰りたいと願ってしまう。

　だが、実際に逃げ出すわけにもいかず、兄妹そろって陛下への挨拶《あいさつ》を済ませる。親しく言葉を掛けてくださる陛下に、これは父の仕込みだろうかと考えつつ、こんな日まで出仕《しゅっし》している父の不在を詫《わ》びて御前を退《しりぞ》いた。

　途端、ユリウスは何も言わずに傍《そば》を離れていく。向かう先を目で追うと、案の定、アレクシス殿下とその隣にいるソフィアたちと合流した。

　アレクシス殿下も去年までは、陛下と並んで壇上から夜会を眺めるだけだったが、今夜はホールに下りてきている。ソフィアとの挨拶回《あいさつまわ》りのためか、「それとも」と考えていた視線の先で、殿下がソフィアの手を引いて、広間の中央へ向かった。

（……ああ、やっぱり）

　広間中央、手に手を取り合った二人が、音楽に合わせて踊り出す。

　踊り出しがぎこちなかったソフィアも、すぐに殿下の動きに合わせてステップ踏めるようになった。そんな二人の様子を黙って見つめる。

（……踊れるようになったのね）

表情から硬さのとれた彼女の動きは、傍《はた》から見ても優雅なものだった。

それほど裕福でない男爵家出身の彼女はダンスを習うような環境になく、また、彼女の在籍する魔術科にダンスの授業はない。そんな彼女が、他の令嬢と比較しても遜色《そんしょく》ないほど踊れるようになったのは、王太子妃教育のおかげ、そして、彼女の努力の賜物《たまもの》だろう。

（大変ね……）

無感動にそう思う。

同じ苦労をした身としては、彼女の努力を労《ねぎら》うべきなのだろう。だが、それが彼女の選択、望んでそこにいるのだから、当然の努力だとしか思えない。

（……やっぱり、どこまで行っても、私は『悪役』ね）

彼女の成長は認めても、ろくな感想が湧いてこないことに自嘲《じちょう》する。

周囲の注目を集める二人に背を向け、さっさとこの場に見切りをつけることにした。ユリウスに置いていかれた以上、挨拶回《あいさつまわ》りは一人で行うしかない。

（とはいえ、これは、結構ハードかも……）

そう予想した通り、ユリウスという分かりやすい公爵家のバックがないため、挨拶回《あいさつまわ》りはなかなかに厳しいものとなった。

そもそもが未婚の令嬢。それがエスコートもなしにうろついているのだ。成人済みとはいえ、挨《あい》拶《さつ》できる範囲などたかが知れている。

父と繋がりのあるご婦人方に声を掛け、多少のお小言をもらって、当たり障《さわ》りのない返事で殊《しゅ》勝《しょう》に頷《うなず》いてみせる。

彼女たちが見ているのは己ではなく、身に纏《まと》う贅《ぜい》を凝らした夜会服だ。公爵家がまだ己を切り捨てていないと示せれば、今日のところはそれで良し。

粗方《あらかた》の挨拶《あいさつ》が済んだところで、壁の花を決め込むことにした。

本音は、さっさと帰宅したいのだが、一緒に来たユリウスが「帰る」と言わなければ帰れない。それに、万が一にもあるかもしれない、「クリスティーナ・ウィンクラーへの挨拶《あいさつ》」を受けるために、この場にい続けることを選んだ。

（よく考えたら、初めての体験よね……）

夜会で、自身の周りに誰もいないという状況。殿下の婚約者であった頃には、ひっきりなしに挨《あい》拶《さつ》に訪れる人間がいて、殿下のいない時でも必ず「友人」に囲まれていた。

婚約破棄後には、社交から完全に遠ざかっていたため、壁の花にさえなれていなかったが。

――寂しい。

寂しいし、心許《こころもと》ない。

学園でも同じ状況なのにどうしてと考えて、この場にはトリシャたちがいないのだと気が付いた。デビュー前の彼女が、この場にいないのは当然なのに。

知らぬ間に随分と二人の存在に救われていたらしいと自覚して、大広間の片隅で小さく笑った。

◆　◆　◆

（まったく、愚かで浅ましい……）

聖夜の夜会場。

周囲から向けられる女たちの視線が疎《うと》ましい。

男に阿《おもね》る以外の会話はできぬのかと、私は会話には早々に厭《あ》いた。

やはり、アレクシス殿下のもとへ戻ろうと、周囲への挨拶《あいさつ》もそこそこに立ち去ろうとする。が、またしてもうんざりする声に呼び止められた。

「これはこれは、イェルク殿！」

父との繋がりがそこそこにある、無視はできない子爵家当主の声に、一応の挨拶《あいさつ》を返す。

「……ハバード卿。ご無沙汰しております」

「貴殿もご健勝そうで何より！　ご活躍は聞き及んでおります。先ほどミューレン伯にご挨拶《あいさつ》をさせていただきました、いやぁ、貴殿のようなご子息を持って、お父上も鼻が高いでしょうな！」

「……過分な評価、恐れ入ります」

「いやいや、何を謙遜《けんそん》される必要がありますか！　殿下の覚えめでたいイェルク殿がいらっしゃれば、ミューレン家は百年先まで安泰！　繁栄を約束されたも同然でしょう！」

底の浅い世辞に辟易《へきえき》するも、「期待に添えるよう精進する」と返し、殊勝《しゅしょう》な態度で頭を下げる。

形ばかりの言葉に満足したらしい男は頷《うなず》いて、傍《かたわ》らに立つ少女をこちらに押し出した。

「ところで、イェルク殿。これは私の娘で、今年がデビューなのです。娘は昔から貴殿に憧れてお りましてな。どうでしょう、デビュー祝い代わりに、娘と踊っていただけぬだろうか？」

そう言って、こちらが返事をするより先に自分の娘を促《うなが》す。

「ほら、レイシア。ご挨拶《あいさつ》を」

「……初めまして、イェルク様。レイシア・ハバードでございます」

楚々《そそ》とした態度で初々《ういうい》しい挨拶《あいさつ》をする少女の頬が薔薇色《ばらいろ》に染まる。生憎《あいにく》、その姿を「愛らしい」と思えるような神経はとうに持ち合わせていないが、笑みを作って手を差し出した。

「私でよろしければ。……レイシア嬢、踊っていただけますか？」

「はいっ！」

少女の手を取って歩き出す。そのまま、広間中央で踊る者たちの輪に加わったが――

（……鬱陶《うっとう》しい）

先ほどから、こちらを追う視線がある。それは、腕の中で一心に見上げてくる少女のものでも、彼女の前に自身が袖にした女たちからのものでもない。

己が会場に入った時よりずっと向けられている視線は、これだけの人の中に在《あ》っても間違いようのない、ある意味、慣れ切ったもの。

視界の端に、ハシバミ色の髪が映った。

――カトリナ・ヘリング。

湿度の高い元婚約者の視線に、内心で舌打ちする。

婚約当初から鬱々《うつうつ》としていた女とは、漸《ようや》く、縁が切れたはずだったのだが――

(本当にしぶとい女だ。一人では何もできない無能のくせに……)

権力にすり寄り、甘い汁を吸おうとする寄生虫のような女。クリスティーナの悪行の尖兵《せんぺい》として共に叩き潰したはずが、気付けば、ソフィアという新たな宿主《しゅくしゅ》に取り付いていた。

ソフィアの度量の大きさ――自身に害をなした相手さえ受け入れる精神は嫌いではない。が、今回ばかりは相手が悪かった。

ソフィアがカトリナとの友情を願い、殿下が「害なし」と判断したため放置しているが、何かを期待して纏《まと》わりつく視線が忌々《いまいま》しい。

(ウィンクラーの庇護《ひご》を失ったヘリング家に価値などないと、何故《なぜ》、分からない?)

毒にも薬にもならぬのだ。カトリナが再び己の婚約者に据《す》えられることは、万が一にもないというのに。

「……あの、イエルク様? 私、何かご気分を害してしまいましたか?」

カトリナへの苛立《いらだ》ちが表情に出てしまっていたらしい。腕の中の少女が眉尻を下げ、困り顔で見上げてくる。

あからさまなその媚態《びたい》を見下ろして、ゆるく笑ってみせた。

「失礼しました。お美しいご令嬢を相手に、少々、緊張しているようです」

「まぁ!」

口先だけの賛辞に、少女は簡単に喜びを表す。

カトリナとの婚約解消以降、彼女のような未婚の少女たち、若《も》しくはその親からすり寄られる機会が増えた。

女性に対する欲がないわけではなく、いずれは、ミューレン家に相応《ふさわ》しい相手を娶《めと》るか、婿入《むこい》り先を見つけるつもりではいる。

だが、今は婚姻などの面倒にかかずらう気になれない。

(何よりも、殿下の側近として身を立てることが優先。婿入《むこい》りなどできずとも、問題はない)

他家の次男、三男が婿入《むこい》り先が見つからず苦労しているという話はよく耳にする。だが、自分なら婚家の力などなくとも実力で成り上がれると自負しているし、爵位を得る自信もある。

それに、一応とはいえ、婚約者がいる間は身を慎《つつし》んでいたのだ。カトリナから解放された今、しばらくは好きにさせてほしいというのが本音。享楽に耽《ふけ》るつもりも、身を持ち崩すつもりもないが、女性とはほどほどの関係でいたい。

曲が終わると同時にもう一曲をねだる少女を父親に返し、引き留められる前にその場を後にした。

同じような年頃の娘たちの誘いを無難に躱《かわ》す内に、背後から伸びてきた手がこちらの腕に触れる。

反射的に振り返ると、艶《つや》のある笑みを浮かべた婦人と視線が絡んだ。

「……今晩は、イェルク様」

黒髪の妖艶《ようえん》な美女は某子爵家の未亡人。

閨《ねや》の教育で一夜を過ごしたことのあるその人は、腕に触れていた手に軽く力を込め、濃く長い睫《まつ》毛《げ》を伏せた。更に一歩を詰めた彼女が囁《ささや》く。

「ねぇ、イェルク様。私、酔ってしまったみたい。……少し、付き合ってくださる？」

「……私でよろしければ」

聖夜祭の夜は長い。閑暇《かんか》なひと時を潰すべく、彼女の誘いに乗った。

婦人の手を取り、大広間を出る。彼女に導かれるまま、王宮の一角、遠方から訪れる招待客用の宿泊棟に歩を進めた。

そこには「お遊び」のための部屋がいくつかあり、王宮に伝手《つて》さえあれば、部屋の鍵を入手できる。彼女もその鍵を持つのだろうと、黙って宿泊棟の階段を上り始めたところで、背後から無粋《ぶすい》に呼び止められた。

「イェルク様！」

今度こそ、舌打ちが漏れる。振り向かずとも、声の主が分かってしまう。

うんざりしながら、階段途中で振り返り、階下を見下ろす。

「……私に何か？」

不機嫌を隠さずに問うと、呼び止めた声の主――カトリナ・ヘリングがたじろいだ。

「……その、私、イェルク様にお伝えしたいことが……。できれば二人きりで……」

そう口にし、カトリナは己に寄り添う婦人にチラリチラリと視線を向ける。「言わずとも分かってくれ」と言わんばかりのその態度に、深く嘆息した。

（……なんのことはない、ただの嫉妬《しっと》か）

身を弁《わきま》えない女の鬱陶《うっとう》しさに、苛立《いらだ》ちのまま言葉を吐き捨てる。

「お断りします。私は貴女の話など聞きたくありません」

「っ！　イェルク様、お願いです。ほんの少しだけ、お時間を……」

「ハッ！　冗談でしょう？　貴女の姿を目にするだけで不快なんです。話を聞く時間など一秒たりともありません。即刻、私の視界から消えてください」

己の拒絶に、カトリナが目を見開き、表情を歪《ゆが》める。目から涙が溢《あふ》れ出《で》そうになっているのを見て、彼女に背を向けた。

これ以上、醜悪《しゅうあく》なものを見たくない。

再び上り始めた階段の途中、己の腕にぶら下がる婦人がクスクスと忍び笑いを漏らす。捨て置かれる惨《みじ》めな女に対する嘲笑《ちょうしょう》。なんとも言えない不快な響きが、妙に耳に残った。

◆　◆　◆

――もう、いい。もう、疲れた……。

かつての婚約者が去っていく後ろ姿を見送ることができず、視線を床に落とす。

彼を引き留められなかった。最後の、本当に最後の、勇気であり、希望であったのに。

失敗した以上、私に残された道は一つしかない。後はもう、命じられたことに粛々《しゅくしゅく》と従うだけ。

踵《きびす》を返し、もと来た通路を戻る。扉を潜《くぐ》ると、夜会場は先ほどまでと変わらぬ光に満ちていた。

それが、より一層、自分を惨《みじ》めな気分にさせる。

目に溜《た》まったたままの涙を拭《ぬぐ》うと、碧色《あおいろ》のドレスが視界に映った。

（……クリスティーナ様）

どこにいても見つけてしまう。気付けば目で追ってしまう。

拭《ぬぐ》った涙がまた込み上げそうになった。

かつて、私の世界はイェルクとクリスティーナの二人でできていた。その二人を失って、私の世界、私の居場所はもうどこにもない。

彼女の視線の先を追い、そこにある集団を見つけて唇を噛《か》む。

失うものなどもう何もない。なのに、卑怯《ひきょう》で臆病な自分は、まだ傷つくことを恐れている。

だから、心を殺して、思考を止めて、彼女の視線の先へ向かう。そこで、私に課せられた役目を果たすために。

「……ソフィア様、お捜ししました」

「カトリナ！」

淑女科の面々――テレーゼを中心とする令嬢たちに囲まれていたソフィアが、ホッとした顔を見せる。

彼女の隣にアレクシス殿下の姿がないのは、テレーゼたちに引き離されたのか、あるいは、ソフィアが勝手に離れてしまったのか。

どちらにしろ、迂闊《うかつ》としか言いようがない。

（……クリスティーナ様なら、絶対にこんなことはなさらない）

その身が高貴であればあるほど、未婚の令嬢は周囲を固めるもの。悪意ある者を近づけないための「取り巻き」は、決して無意味なものではない。

けれど、そうした関係を嫌うソフィアは、自分以外の同性を遠ざける傾向があった。

一番の問題は、殿下がそれを許してしまうことだが――

「……ソフィア様、アレクシス殿下がお呼びです。ご案内いたしますので、こちらへ」

この場を逃げ出すための口実。それに、「うん！」と元気良く返事をするソフィアの手を引いて、令嬢たちの囲いを抜け出す。

抜け出す直前、正面に立つテレーゼが視界に映った。広げた扇子《せんす》の下で、唇が愉悦に歪《ゆが》んでいる。

虫けらでも見るような彼女の視線を避け、俯《うつむ》きがちにその隣をすり抜けた。

足早にホールを横切り、宿泊棟へ向かう。背後から、ソフィアの声が聞こえた。

「ありがとう、カトリナ！　人混みのせいでアレクシスとはぐれちゃって。すごく助かったわ」

礼の言葉に小さく「いえ」と返す。その後に続く彼女の言葉を聞き流して進む内、不意に強い視線を感じて、背後を振り返る。

（えっ？）

碧《あお》い瞳――クリスティーナと目が合った気がして、とっさに下を向く。

ドクドクと心臓が鳴るのを感じつつ、「そんなはずはない」と言い聞かせる。

私は彼女を裏切った。彼女が私を気に掛けるはずがない。

浅ましい期待を持たぬよう、下を向いたままホールを抜け出し、灯りの乏《とぼ》しい宿泊棟へ入った。

薄明りの廊下に、ソフィアのため息が零れ落ちる。

「……それにしても、テレーゼさんたちって意地悪だよね。嫌になっちゃう」

暗がりで漸《ようや》く気持ちが落ち着き、彼女の愚痴に曖昧《あいまい》に頷《うなず》いて返した。

「さっきも色々、腹が立つことばっかり言われて。でも、逃げられないし、あんなところで怒れないから、カトリナが来てくれて本当に良かった」

安堵《あんど》するソフィアに、返す言葉はない。彼女の、微塵《みじん》も疑心を持たない笑みにも心は凪《な》いでいた。

(もっと不安だったり、罪悪感を覚えたりするかと思ったけれど……)

感情が麻痺《まひ》しているのか、何の感慨も持たずに、ソフィアを宿泊棟に誘《いざな》う。

「……奥に、部屋をご用意しています」

「部屋？　そこでアレクシスが待ってるの？」

「いえ。殿下のことは、あの場を抜け出すための方便です。ですが、すぐに殿下を呼んでまいります。ソフィア様はテレーゼ様たちに捕まらぬよう、部屋でお待ちください」

諭《さと》すと、彼女は「そういうことね」と素直に頷《うなず》く。

その信頼はどこから来るのか。彼女に友誼《ゆうぎ》を求められた時からの疑問ではあるが、今はもう、その答えも必要ない。

(……本当に、みんな愚かだわ)

人の悪意を疑わない彼女も、彼女を一人にした庇護者《ひごしゃ》たちも。それから、人の精一杯の告発を拒絶した男も、いまだ王太子殿下の婚約者の地位を望む女も。

だけど、最も愚かなのは――

（……今度こそおしまいね。私も、ヘリングの家も）

これから自分が成すことは、ソフィアの王太子妃への道を閉ざすだろう。私が罪から逃れる術《すべ》はない。

だが、きっとそれでいいのだ。

私は一度、選択を間違えた。

裏切り、逃げた先で得られた現実がこれなら、もう、終わりにしよう。精々《せいぜい》、愚か者を道連れにしてみせる。この国の王太子妃に相応《ふさわ》しいのは、今も昔も変わらず、あの方しかいないのだから。

ああ、だけど、あの方はどう思うだろうか――？

先ほど、ホールで交差した視線を思い出す。孤立無援の中、変わらず顔を上げ続ける彼《か》の方《かた》は、私の行いを認めてくれるだろうか。

（……分からない。以前なら、『絶対に、あの方は喜んでくださる』、そう思えたのに……）

自分の行おうとしていることに、何一つ、自信が持てない。

俯《うつむ》いていると、隣に並んだソフィアに顔を覗き込まれた。

「カトリナ、どうしたの？　気分でも悪い？」

「いえ、大丈夫です。申し訳ありません。ご心配をお掛けして……」

「ううん！　私が勝手に心配しただけ。謝ってもらうようなことじゃないよ」

そう言ってニコニコと笑うソフィアが、「あ、そうだ！」と声を上げる。

「アレクシスを呼びに行く時に、イェルクも一緒に呼んだらどうかな？」

「……イェルク様、ですか？」

その名に、わずかに胸が痛んだ。何も気付かぬ彼女は、嬉々《きき》として言葉を続ける。

「聖夜祭ってとっても長いでしょ？　年明けまで続くんだから、ちょっとくらい、四人でおしゃべりしても良いと思わない？」

「いえ、私は……」

反射的に口を衝《つ》いた拒絶に、彼女は「どうして？」と首を傾《かし》げる。

「カトリナにはいい機会じゃない？　折角《せっかく》だから、イェルクといっぱい話して、仲良くなろうよ」

屈託《くったく》のない言葉に、イェルクの冷たく見下ろす瞳が蘇《よみがえ》る。

「……恐れ多いことです。私は、既《すで》にイェルク様に婚約を解消されております」

「うーん。確かにそうなんだけど、でも、前の婚約は政略が前提だったんでしょう？」

彼女が何を言いたいのかが分からず、沈黙を返す。

「えっと、だから、今度はちゃんとイェルクと恋愛して、もう一度、婚約を結び直せばいいんじゃないかなって。二人が結ばれたら私も嬉しいし、応援するよ！」

「それは……、できません」

胸を刺す痛みに耐え、辛《かろ》うじて言葉を返す。下を向く私に、彼女は「でも」と更に顔を覗き込んだ。

「でも、カトリナはイェルクのこと、まだ好きだよね？　隠しててもバレバレだよ？　目がいつも彼を追ってるんだもん！」

そう言って、揶揄《からか》うような笑みを向けられ、彼女を直視できなくなる。その笑顔が歪《ゆが》んで見えた。

──一体、何がおかしいというの……？

自身の恋慕《れんぼ》──イェルクへの執着《しゅうちゃく》は、それほど滑稽《こっけい》だっただろうか。「目障《めざわ》りだ」と、「視界から消えろ」と言われるほど嫌悪された私が、彼を想うのは──

眩暈《めまい》がするほどの感情の昂《たかぶ》りを覚え、息が上手《うま》く吸えなくなる。怒りと羞恥《しゅうち》が込み上げたが、すぐに惨《みじ》めさに取って代わる。

結局、彼にとって私の好意など、一顧《いっこ》だにする価値さえない。彼は別の女性を選んだのだ。

「……ソフィア様、まずはお部屋へ入りませんと。ご案内いたします」

「あ、そっか。そうだよね。イェルクとおしゃべりするのも久しぶりだから、気持ちが焦《あせ》っちゃった。うん、すごく楽しみ！」

実らなかった想いも、届かなかった勇気ももう要《い》らない。イェルクに背を向けられた時に、想いは全て砕けて消えた。これ以上、痛い思いも辛《つら》い思いもしたくない。

押し黙って歩き続け、目的の部屋の前で立ち止まる。

取り出した鍵で部屋を開けると、ソフィアがなんの警戒もせず、足を踏み入れた。その姿に、もう失望することはない。

「ソフィア様、しばらくここでお待ちください。すぐに殿下を呼んでまいります」

「ありがとう。よろしくね」

礼の言葉に頷《うなず》いて返し、彼女の眼前で扉を閉める。そのままゆっくりと鍵を回し、扉に鍵を掛けた。

（……気付いた、かしら？）

今なら、まだ間に合う。彼女が部屋の内鍵が壊されていることに気付けば。閉じ込められたことに気付いて、「ここから出して」と大騒ぎすれば――

けれど、閉ざされた扉の向こうからはなんの音も聞こえてこない。

安堵《あんど》と諦め半々のため息が口から零れ落ちる。不意に、背後から肩を叩かれた。

「上手《うま》くやったじゃない」

そう言ってこちらに醜悪《しゅうあく》な笑みを向けるのは、テレーゼの取り巻きの一人。

「テレーゼ様もご満足されるでしょう。これで、貴女も彼女のお傍《そば》に侍《はべ》ることが許されるわ」

そんなことは望んでいない。

黙ったままの私に、取り巻きの伯爵令嬢は片方の口角を釣り上げる。

「良かったわね、落ち目のヘリングも、リッケルト家に拾っていただけて。テレーゼ様は自分に従う者には寛容《かんよう》よ」

なおも応えずにいると、令嬢の顔に険が浮かぶ。

「……いいこと？　くれぐれも裏切ろうだなんて思わないで。テレーゼ様は決してお許しにならないわ。リッケルトに逆らえば、貴女一人が全ての罪を被ることになるのよ」

そう言って、令嬢は廊下の先の階段に視線を向ける。

テレーゼが間もなくこちらへやってくるのだろう。先んじて現れた彼女は、私と目の前の扉の見張り役といったところか。

手の内、自身の体温で温《ぬる》くなった金属を私はギュッと握り締めた。

（……やはり、私は変われない。どこまで行っても、私は私のまま……）

理不尽に抗えず、声を上げることもできず――

ふと、階段付近の暗がりで何かが動いた気がして視線を向ける。

（？　誰か、いるの……？）

凝視しても、暗闇には何も見えない。

張り詰めた神経が見せた幻《まぼろし》だったかと、目を閉じた。

もうすぐ、全てが終わる。

その時を待ち、足音一つしない廊下に静かに立ち続けた。

◇◇◇

（どういうこと？　どうしてカトリナがゲルデと……）

暗闇に紛《まぎ》れる碧《あお》いドレスの裾を押さえて、階段の端から覗いた光景を反芻《はんすう》し、今の状況を見定める。

カトリナと共にホールを出たソフィアの姿が見当たらず、そのカトリナはテレーゼの取り巻きであるゲルデ・ヘルツベルグと一緒にいる。しかも、二人は宿泊室の前に二人並んで立っていた。まるで、扉を守る門番のように。

（もしかしなくても、最悪な状況、というわけね）

嫌な予感はしたのだ。

夜会場で壁の花となって数刻、暇に厭《あ》かせて周囲を観察していたが、気付くと、ソフィアが野放しになっていた。あっさりとテレーゼに捕まった彼女の周囲に味方はおらず、殿下方は何をしているのかと呆《あき》れていたところに、カトリナが現れる。

現れたカトリナは颯爽《さっそう》とソフィアを助け出したのだが、その姿には違和感しかなかった。

ここ最近、彼女とソフィアの距離が近しいことには気付いていたが、カトリナの性格的に、ああした場面で矢面《やおもて》に立つことはないだろうと思っていたのだ。

好意的に見れば、「彼女も成長した」、「ソフィアの庇護下《ひごか》で強くなった」、とも考えられるが、カトリナはいまだに淑女科でテレーザたちの執拗《しつよう》な嫌がらせにあっている。

声を上げればいいものを、彼女はそれをせず、常に「察して」もらうだけ。自分から助けを求めることをしないカトリナの窮状《きゅうじょう》を、ソフィアが気付く様子もない。

そんなカトリナが突然、テレーゼに反旗を翻《ひるがえ》すなどあり得るだろうか。

ソフィアを連れてホールを出ていくカトリナを観察していると、一瞬だけ、彼女と目が合った気がした。が、すぐに視線が逸《そ》らされる。

そこに焦《あせ》りのようなものを感じ、嫌な予感は膨らんだ。

結局、ソフィアの護衛らしき女性騎士がテレーゼの取り巻きの一人に足止めされるのを見て、二人の跡を追うことを決めた。

距離があったため、ホールを出たところで一度完全に二人を見失ったが、今こうして、カトリナを見つけられたのは、運に助けられたと言える。

(問題はこれからどう動くか。殿下に知らせるのが一番だけれど……)

おそらく、ソフィアはあの扉の向こうにいる。

男女の密事のために用意された部屋に、一人きりで閉じ込められるということはないだろう。今すぐにでも飛び込むべきだが、あの二人が扉の前にいる以上、騒ぎになることは避けられない。ソフィアが男と密室にいたという醜聞《しゅうぶん》が広がれば、彼女が殿下の妃となるのは絶望的だ。

(それがどうした。関係ない。……と言ってやりたいところだけれど)

腐っても、ソフィアはハブリスタント。自らの愛する者に幸福をもたらす「花の王家」の末裔《まつえい》。国と北の辺境の安寧《あんねい》を思えば、彼女が王太子であるアレクシスと結ばれることが最善で、少なくとも、こんなお粗末な罠で馬鹿らしい結末を迎えるなんてあり得ない。

(とにかく、あの扉は開けずに、中の状況を確認しないと)

仮に、今はソフィア一人だとしても、離れた隙に男が入っていく可能性もある。殿下に知らせる暇はない。

「最悪だ」と内心で零しつつ、周囲を見回す。背後の階段を見下ろした際に、大きな窓が視界に映った。

一階と二階の間の踊り場にある大きな腰高窓。

（……やるしかない、か）

足音を立てぬよう踊り場まで階段を駆け下り、窓を開け放つ。

幸いにして、周囲に警護の騎士は見当たらない。

いつもより慎重に身体強化の術を掛け、窓枠に立った。そこから大きく腕を伸ばし、外壁の装飾に張り付く。わずかな装飾、壁の出っ張りを伝って、二階の窓枠へなんとか辿り着いた。

（まったく、なんで私がこんなことを……っ！）

カトリナたちが見張っていた部屋までは、バルコニーを二部屋分、横切らねばならない。いずれの部屋もカーテンが閉じているが、万が一、こんな奇行を見られでもしたら、己の社会的地位は完全に失われる。元より地に落ちた名だが、その比ではない。

ソフィアのいる部屋、その窓辺に到達して、漸《ようや》く一息をつく。同じバルコニーに繋がる窓が二つあるため、どうやら、二間続きの造りとなっているらしい。

手前の部屋——カトリナたちが立っていた扉のある部屋は重厚なカーテンが掛かっており、その中を窺《うかが》い知《し》ることはできない。

その前を通り過ぎて、続きの部屋の窓辺に立つ。こちらも同じくカーテンが閉じられているが、細く開いた隙間からどうにか中の様子が垣間《かいま》見《み》えた。

灯りの乏《とぼ》しい室内、部屋の中央に寝台が置かれているのが見える。ベッドサイドの灯りを頼りに懸命に目をこらすと、寝台の上に全裸で転がる男の姿があった。

あれは、見間違いでなければ――

（ああ、もう、本っ当に、最低……！）

救いは、部屋の中にソフィアの姿がないことか。最悪、薬を盛られて同じ寝台の上という可能性もあった。どうにかそれは避けられたようだが、では、そのソフィアはどこにいるのだろう。隣の部屋にいるのだとしたら、早々に連れ出さねばならない。

一つ手前、相変わらず中の様子の窺《うかが》えない窓へ戻り、思案する。バルコニーの窓には内側から鍵が掛けられており、無理に壊せば魔術の警報が鳴るだろう。

仕方なしに、こちらの部屋にはソフィアしかいないという可能性に賭け、窓ガラスを叩いて中に呼びかけた。

「……ソフィア様、いらっしゃいますか？　いらっしゃるのなら、ここを開けてください」

呼びかけに返事はない。

警戒されているのか、それとも、彼女はこの場にいないのか。

周囲を警戒しつつ二度、三度と繰り返すと、不意に窓の向こうのカーテンが揺れ、光が漏れた。

「え？　クリスティーナさん？」

ガラス越しのくぐもった声。カーテンの間から、驚きに目を見開いたソフィアが顔を覗かせる。

その緊張感のない姿に、「まだ猶予はありそうだ」と安堵《あんど》し、肩の力が抜けた。

潜《ひそ》めた声のまま、ソフィアに迫る危機を伝える。

「ソフィア様、すぐにこの部屋から出てください。隣の部屋にイェルク様がいらっしゃるのはご存知ですか？　このままでは、お二人の関係が醜聞《しゅうぶん》となってしまいます」

「ちょ、ちょっと待って、いきなりなんの話？　私はアレクシスを待ってるんだよ？　イェルクはアレクシスと一緒に来るはずだから……」

状況を理解しない彼女に苛立《いらだ》つ。

時間がない。もう、いつテレーゼが乗り込んできてもおかしくないというのに。

感情を押し殺し、努めて冷静に口を開いた。

「では、私を部屋の中に入れてください。それで、密室に男女二人きりという状況は避けられます」

だが、こちらの言葉を信用できないのだろう。ソフィアは窓を開けることはせず、隣の部屋に視線を向けた。

「あの、あっちの部屋にイェルクがいる、んだよね？　だったら、私、確かめてくる」

「止《や》めてくださいっ！」

ただでさえ危《あや》うい状況。二人で寝室にいるタイミングで踏み込まれたら、言《い》い逃《のが》れのしようもない。

「イェルク様は服を着ていらっしゃいません」

「えっ!?」

「彼に何があったのかは不明ですが、決して近づかないでください。それよりも、早くここを……」

「開けてください」という前に、ソフィアは後ずさり、窓際から離れた。

「じゃ、じゃあ、私、外に出ますね。外で待っていればいいでしょう？」

「待って！」

部屋の奥、カトリナたちのいる扉に駆け寄ったソフィアが、ドアノブを掴む。けれど、掴んだドアノブが回らないのか、彼女は焦《あせ》ったようにノブを押したり引いたりし始めた。

冷静さを欠いた行動に「マズい」と思うが、大声で呼び戻すわけにもいかない。こちらを振り返らないソフィアに歯噛《はが》みしていると、不意に彼女がよろめいた。

一歩、後退した彼女の目の前で扉が開く。

と同時に、こちらまで届く悲鳴が響いた。

「ソフィア様！　こんなところで、一体、何をなさっているのっ⁉」

扉を開け放ち、ズカズカと踏み込んできたのは、案の定、テレーゼだ。取り巻きを引き連れた彼女に対し、ソフィアは戸惑《とまど》うばかりで反応が鈍い。

その間にも、テレーゼの一方的な糾弾《きゅうだん》が続く。

「アレクシス殿下のご婚約者ともあろうお方が、なんておぞましい真似をなさったの！　信じられませんわ、殿下を裏切るだなんて！」

「ま、待って。ちょっと待ってください。一体、なんの話をしているんですか？　私は何も……」

「まぁっ⁉　この期に及んで言い逃れをなさるおつもり？　殿下がお可哀想ですわ。こんな裏切りに遭《あ》われるなんてっ……！」

辺りを憚《はばか》らぬテレーゼの叫び声に、取り巻きの追従が続く。ソフィアの声をかき消すそれに、彼女の抵抗は全く意味をなしていない。

「ねぇ、ソフィア様。私たち、知っておりますのよ。この部屋で、ソフィア様とイェルク様が何をなされていたのか」

「イェルク？　どうしてイェルクなの？　……本当に、彼がここにいるの？」

テレーゼの勢いに押され、ソフィアがチラリと背後、隣室に繋がる扉を振り返る。その顔に焦《あせ》りが見えた。

（ああ、もう、どんどん面倒なことになる……！）

何度目か分からない愚痴を胸中で吐き捨て、覗いていた窓から離れる。隣の部屋の窓へ移動した。テレーゼのあの騒ぎようは、まず間違いなく、この場に人を集めようとしている。ソフィアの不貞を証言する第三者を作ろうとしているのだ。おそらくもう、第三者の目撃は避けられない。

だとしたら、いっそのこと――

意識を集中する。フゥと小さく息を吐き出し、目の前の窓ガラスに拳《こぶし》を当てた。身体強化を掛けているとは言え、油断すれば怪我を負う。

少しだけ腕を引いて、ガラスに拳《こぶし》を突き出した。破壊音と共に、けたたましい音量の警報が鳴り響く。

（急がないと……！）

引かれたままのカーテンをかき分ける。割れたガラスを踏み越え、部屋の中に滑り込んだ。

寝台の上には、変わらぬ男の姿。この騒音の中でも目を覚ます様子はない。

周囲を見回し、使えそうなものを探す。目についたのは、窓の側に置かれた木製のスタンドだ。その上に、大振りの花瓶が置かれている。

迷ったのは一瞬。

スタンドに駆け寄り、窓の横に移動する。花瓶を抱え下ろし、床の上に転がした。側面に拳《こぶし》を当てて圧を加えると、陶器の表面にヒビが入り、次の瞬間、花瓶が砕け散る。

（ハァ……、細工はなんとか間に合った。後は上手《うま》く言い逃れできれば……）

破片に触れぬよう身を起こすのと同時に、警報音が止まる。どこかで音が切られたらしい。警備の騎士が駆け付けるのも時間の問題だろう。

しかし、騎士よりも先に、部屋の扉を勢い良く開け放つ者がいた。魔道具の灯りがともり、部屋が明るくなる。

「ほぉら、やっぱり！　イェルク様がいらっしゃるじゃない！　まぁ、なんてあられもないお姿！　ソフィア様の品性を疑いますわ！」

嬉々《きき》とした大声で部屋に押し入ってきたテレーゼが、イェルクの姿に満足そうに笑う。背後にいるソフィアを振り返ろうとした彼女の視線が、こちらを向いた。

「……え？」

信じられないと言わんばかりの表情。口をポカンと開けたテレーゼに、困ったように笑う。

「テレーゼ様、どうぞお静かに願います。ご覧の通り、イェルク様はお加減が悪くていらっしゃいます。あまり、大きな声で騒ぎ立てるのは……」

「な、何故《なぜ》、貴女がここにいるの！　クリスティーナ・ウィンクラー！」

テレーゼの大声に釣られるように、彼女の背後から取り巻きとソフィアが部屋に入ってくる。こちらを見て、皆が一様に驚きの表情を浮かべた。

「……『何故《なぜ》』と聞かれましても、私はソフィア様とご一緒に、イェルク様の介抱《かいほう》をしていただけとしか……」

「嘘よ、嘘！　そんなはずないわ！　貴女がここにいるはずないじゃない！」

憤怒《ふんぬ》の表情で喚《わめ》き立《た》てる彼女に、「そう言われても」と肩を竦《すく》める。

ますますいきり立ったテレーゼが何かを叫ぼうとした時、彼女の背後から、令嬢たちをかき分けるようにして、騎士たちが雪崩《なだ》れ込《こ》んできた。

「ご令嬢方、失礼する。警報を受けて来たのだが、……どういう状況か、ご説明願えますか？」

リーダーらしき壮年の騎士の視線が、部屋の中を油断なく見回す。寝台の上の裸の男、それから、割れた窓ガラスという惨状《さんじょう》に片眉を上げた彼は、己とテレーゼの交互に視線を向けた。

一歩前に出たテレーゼが、胸の前で両手を組んで騎士を見上げる。

「騎士様！　どうかこの場を検《あらた》めてください！　これは王家への反逆です！　王太子殿下のご婚約者であるソフィア様が、あちらの……」

そう言って、テレーゼは寝台の上のイェルクを指差す。

「ミューレン伯爵令息のイェルク様と不義密通を！　王太子殿下を裏切るなど、到底、許されるものではありません！　どうか、お二人を捕らえてくださいませ！」

彼女の主張に、騎士が「それは……」と困惑の声を上げる。

当然の反応に、思わず彼に同情の念を抱いた。

仮に二人の不貞が真実であろうと、犯罪ではないのだ。騎士団に彼らを捕縛する権利はない。

騎士の困り切った顔がこちらを向いた。もの言いたげな彼を無視して、その背後にいるソフィアに視線を向ける。

本来であれば、この場を収めるのは彼女の役目。この先、こんなことは何度だって起こる。それを、誰かの後ろでやり過ごすだけでは、王太子妃にはなり得ない。

しかし、唇を噛んで下を向く彼女に、顔を上げる様子はなかった。

小さく息を吐いて、私は騎士に視線を戻す。

三文芝居の幕が上がる――

「……騎士様、ご迷惑をお掛けして申し訳ありません。テレーゼ様の仰《おっしゃ》っていることは、ちょっとした勘違いなのです。騎士団の手を煩《わずら》わせるようなことではありません」

その言葉に、横からテレーゼが噛みついた。

「クリスティーナ！　なんなの貴女、さっきから！　貴女には関係ないでしょう！　さっさとここから出ていきなさいよ！」

「いいえ。この場の状況を正しくお伝えするまで、出ていくわけにはまいりません。……少しでも、妙な誤解があっては困りますから」

じっと騎士を見つめて告げた言葉に――彼も事《こと》の重大さは認識しているのだろう、「ご説明ください」と促《うなが》される。

「そもそも、ソフィア様に不貞など無理なのです。この場には私がおりました。私とソフィア様の二人で、イェルク様に付き添っていたのですから」

「ご令息の付き添い、ですか？　そもそも彼は、何故《なぜ》、あのような……」

騎士の視線がイェルクに向けられる。

相も変わらず正体をなくして全裸を晒《さら》す男に、騎士の眉間《みけん》に皺《しわ》が寄った。彼の指示で、若い騎士の一人がイェルクに近づく。彼の傍《そば》で匂いを嗅《か》ぎ、その脈を取った騎士が、小さく首を横に振った。

「酒の匂いがします。意識はありませんが、寝ているだけのようです」

そう言って、イェルクの身体を上掛けで隠し、戻ってくる。

「若者が酒量も弁《わきま》えずやらかした」ように見える状況に、部屋の空気が弛緩《しかん》した。

なんとも言えない空気が漂《ただよ》い始《はじ》めたところで、テレーゼがまた「嘘よ！」と騒ぐ。

「クリスティーナ！　この大嘘つき！　貴女がこの部屋にいたなんて嘘！　部屋にはソフィアとイェルクしかいなかったわ！」

「それは少々、難しいのではないですか？　テレーゼ様たちがこの部屋に入られた時から、私はこの場におりました。それに、部屋の外には、ねぇ……？」

暗に、「カトリナたちが見張っていただろう」と告げると、テレーゼがグッと言葉を呑み込んだ。

それから、彼女はハッとしたように窓を指差す。

「あそこよ！　貴女、窓から入ってきたんでしょう？　二人の情事を隠すために！」

鋭い指摘を受けて、わずかにテレーゼを見直すが、そんなことはおくびにも出さない。代わりに、令嬢らしく困ったように笑ってみせた。

「テレーゼ様、お忘れかもしれませんが、ここは二階です。窓からというのは、まさか、私が二階まで壁をよじ登ったとでも仰《おっしゃ》るのですか？」

「そんな馬鹿な」と鼻で笑ってやると、テレーゼの表情が面白いくらいに歪《ゆが》む。怒りのあまり言葉が出てこないらしい彼女に代わり、壮年の騎士が口を開いた。

「ご令嬢、一つ確認させていただく。我々は警報を受けてここへ来たのだが、何故《なぜ》、窓が割れているのだろうか？」

テレーゼほど単純ではない男の眼差《まなざ》しは厳しい。

彼の視線を避けるように俯《うつむ》いて、「申し訳ありません」と頭を下げる。

「部屋の暗さに慣れず、花瓶を倒してしまいました。その際、花瓶が窓ガラスに当たって……」

「花瓶を？　……部屋の灯りを消しておられたのですか？」

訝《いぶか》しげな男の視線にますます俯《うつむ》く。恥じらいを示すため、手で頬に触れ、「はい」と小さく答えた。

「その……、イェルク様があのようなお姿でしたので、部屋を明るくするのは憚《はばか》られて……」

「……なるほど」

渋い顔で頷《うなず》いた騎士が考え込む。

彼の視線が、イェルクに向けられた後、再びこちらを向いた。

「彼を介抱《かいほう》されていたというが、何故《なぜ》、貴女方がそんなことを？　誰か王宮の者を呼ぶことは考えなかったのですか？」

「ああ！　それはもちろん、私たちも考えておりました！」

ここで、三人でいたことまで変に邪推されてはたまらない。騎士の指摘に大きく頷《うなず》いて、「ですが……」と続ける。

「部屋の鍵が壊れておりまして。後で確認していただいても構いませんが、外から鍵を掛けると、内からは開けられないのです」

「鍵を掛けられ、開けられなかった？　それでは、貴女方は閉じ込められていたということですか？　誰がそんな真似を……」

眉間《みけん》に皺《しわ》を刻んだ騎士に、ゆるゆると首を横に振る。

「ご安心ください、騎士様。閉じ込められたなんて大げさな話ではなく、これも手違いと言いますか、混乱の末のちょっとした誤りにすぎません」

騎士たちの後ろに視線を向け、背の高い彼らに隠れるように立つ少女を見つける。彼女の名を呼んだ。

「……ねぇ、そうよね、カトリナ？　貴女、ちょっと混乱していたのよね？」

「っ!?」

俯《うつむ》いた彼女の華奢《きゃしゃ》な肩が揺れる。伏せられた顔は見えないが、彼女の怯《おび》えは手に取るように分かった。伊達《だて》に長い時間を共に過ごしてはいない。わずかに胸が痛む。

（……だけど、しでかしたことの責任は、自分で取らなくてはね）

感傷を振り切り、騎士に向かって「そもそも」と告げる。

「この部屋に私とソフィア様を連れてきたのはカトリナです。私は、偶然、ソフィア様を連れた彼女と行き会い、この部屋を訪れました。ソフィア様の身の潔白は私が保証いたします」

そう改めて伝えると、騎士は曖昧《あいまい》ながらも納得したように頷《うなず》いた。彼の反応に、テレーゼが焦《あせ》った声で「騎士様！」と彼を呼ぶ。

「お待ちください！　この女の発言は全て出鱈目《でたらめ》です。カトリナは私の友人、常に私たちと行動を共にしておりました。ほら、現に今も！」

名指しされたカトリナの肩が再び揺れるが、彼女は何も言わない。

ならば、こちらの好きにさせてもらおうと、テレーゼに向け、呆《あき》れたように笑ってみせた。

「テレーゼ様、あまりいい加減なことを仰《おっしゃ》らないで。夜会場には、カトリナがソフィア様を連れ出す姿を見た方もいらっしゃるはずよ。ソフィア様には、確か、護衛もついていたでしょう？」

「っ!?　カ、カトリナは、イェルク様に頼まれてソフィア様をここにお連れしたのよ！」

先ほどの発言をあっさり覆《くつがえ》したテレーゼは、今度は、「密会の協力」という罪をカトリナに着せようとする。

「カトリナ！　正直に言いなさい。貴女、イェルク様に頼まれたのよね？　彼の頼みを断れなくて、二人の橋渡しをすることになったんでしょう？」

半《なか》ば脅しのようなテレーゼの言葉にも、カトリナは反応を示さない。

膠着《こうちゃく》した二人のやり取りを尻目に、「騎士様」と呼んで、壮年の騎士の注意を引く。

「カトリナは少し臆病《おくびょう》なところがあるのです。彼女、イェルク様があのようなことになって、ひどく動転して。それで何故《なぜ》か、医者ではなく、ソフィア様を頼ってしまったのです」

「……なるほど。では、貴女方が部屋に閉じ込められたのは？」

「カトリナです。改めて、彼女に医者を呼びに行かせたのですが、慌てていたのか、部屋の鍵を掛けていってしまって……」

騎士にそう告げ、テレーゼに向けてニコリと微笑《ほほえ》む。

「ですから、テレーゼ様がカトリナを連れて戻ってくださって、本当に助かりました。私たち、とても困っておりましたから」

「っ!?　何よ、なんなのあんた！　あんた、その女のせいで殿下に捨てられたんでしょう？　なのに、なんで庇《かば》うのよ！」

「庇《かば》う？　いえ、私はただ真実を述べているだけで。ああ、でも……」

言って、今度は騎士に笑みを向ける。

「ソフィア様と利害関係にない、むしろ、対立の立場にあるからこそ、私の証言は信用してもらえるのではないでしょうか？」

「ええ、それはもちろん……」

同意を示す騎士の言葉は、テレーゼの「そんなわけないでしょう！」という言葉に遮《さえぎ》られる。

「見なさいよ、イェルク様を！」

彼女の差す先、上掛けがあるとはいえ、彼の痴態《ちたい》など今更見たくもない。表情を消して無言を貫《つらぬ》く。

「あんな姿で、介抱《かいほう》なんて言い訳が通るわけないでしょう！　情事の後に決まっているじゃない！」

（まぁ、確かに……）

全裸で意識のない姿を見られては、「何もなかった」とするのは難しい。せめて、服を着せる時間があれば良かったのだが。

チラリと、他の人間の後ろで小さくなったままのカトリナに視線を向ける。

これから自分が口にすること――他者の人生をくるわす発言に不快を覚えるが、ここまで来て後戻りはできない。

「……イェルク様のお相手は、ソフィア様ではありません」

「なっ！　あんた、まさか、『自分が』なんて言い出すんじゃないでしょうね!?」

短絡的な発言をするテレーゼに、これ見よがしに嘆息する。

「違います。今の発言は私に対する侮辱《ぶじょく》です。二度と仰《おっしゃ》らないでください。……先ほどから言っているでしょう？　私たちがここに来るより前、私たちにイェルク様の窮状《きゅうじょう》を訴えた者がいると」

「っ!?　なんてこと！　あんた、カトリナにその女の罪を着せるつもりね！」

テレーゼの叫びに、漸《ようや》く、カトリナが反応する。ゆっくりと、周囲を窺《うかが》うように顔を上げた彼女の顔面は蒼白だった。揺れる瞳がこちらを向く。

「……ねぇ、カトリナ？　イェルク様のお相手が誰なのか、貴女、答えられるわよね？」

犯した罪から逃げることは許さない――

たとえ、それが彼女の望まぬところであろうと、抵抗が許されぬ状況であろうと。

ソフィアの信を得ていたカトリナなしに、今回の企《たくら》みは成功しなかった。それ故《ゆえ》に、彼女の罪は重い。

「罪を認めろ」と向けた視線に、その唇が震える。彼女の口から、微《かす》かな声が零れ落ちた。

「……私です。……イェルク様のお相手は、私です」

両手をきつく組み、そう告げたカトリナ。真っ直ぐにこちらを見つめる瞳に、満足にも似た安堵《あんど》を覚える。

その満足をかき消すように、テレーゼが耳障《みみざわ》りな叫び声を上げた。

「黙りなさい、カトリナ！　あんた、私を裏切るつもりっ⁉」

「裏切る……？　一体、なんのことでしょうか？」

テレーゼに向き合うカトリナの声に、既《すで》に震えはない。

こちらを一瞥《いちべつ》した後、彼女は騎士の面々へ頭を下げた。

「……お騒がせしてしまい、申し訳ありません。保身から、すぐに真実を申し上げることができず、皆さまにご迷惑をお掛けしました」

「では、その、本当に、貴女が……？」

「はい。二人で過ごしていたところ、イェルク様が気をやってしまわれて。お恥ずかしい話、混乱して、ソフィア様とクリスティーナ様を頼ってしまいました。……本当に、浅はかでした」

カトリナの言葉に、騎士たちもそれ以上の言葉を失う。

真偽はどうあれ、未婚の令嬢であるカトリナが情事を認めたのだ。ここで、これ以上の追及は難しい。

騎士に、「別室で話を」と連れていかれそうになったカトリナに、テレーゼが詰め寄る。

「妄言《もうげん》も大概《たいがい》になさい！　あんたはイェルク様に捨てられたの！　今更、相手になんてされるわけないでしょう！」

「……確かに、私たちの婚約は解消されました。ですが、私は今でもずっとイェルク様をお慕《した》いしております。今宵《こよい》、イェルク様がその想いを受け入れてくださり、私たちはこの部屋で結ばれたのです」

真っ向から否定したカトリナに、テレーゼの顔が醜《みにく》く歪《ゆが》む。テレーゼが何かを言うより先に、カトリナが「証拠もあります」と右手を差し出した。握り締められた手が、ゆっくりと開かれる。

「……この部屋の鍵です。この部屋に自由に出入りできたのは私だけ。クリスティーナ様とソフィア様を誤って閉じ込めてしまったのも私です」

「馬鹿なこと言わないで！　あんた、私を馬鹿にしてるでしょうっ!?　その鍵は私が……っ」

言いかけた言葉の先がマズいと気付いたらしい。テレーゼが不自然に言葉を切る。それで、漸《ようや》く、決着がついた。

効果的な証拠の提示。テレーゼの発言を封じ込めたカトリナの手腕に、胸中で賛辞を贈る。

（結局、カトリナの善性に助けられたってことか……）

己の発言を彼女が否定すれば、ここまで上手《うま》く事《こと》を収められなかった。彼女が自身の罪を認め、こちらの誘導を受け入れたからこその結末だ。

だが、カトリナのこれからの苦難を思うと、手放しで喜ぶことはできない。

（……贖罪《しょくざい》として受け入れてくれればいいけど）

救いがあるとすれば、相手がイェルクだということ。それこそ、上手《うま》くやれば、彼と婚約を結び直すこともできる。カトリナの片恋が成就する可能性もあるが――

（後は二人と、……王家の問題ね）

身の破滅という状況でのんきに寝こけていた男の言い分などどうでもいいが、ソフィアが関わる以上、己とカトリナの発言が覆《くつがえ》されることはない。それをしてしまうと、ソフィアの貞操が再び疑われることになる。王家としても、避けたいところだろう。

騎士に連れられ、カトリナが部屋を出ていく。彼女が部屋を出る直前、こちらに向けた碧《あお》の瞳に応え、私は小さく頭を下げた。

◆　◆　◆

王宮の王太子執務室。長椅子に座する王太子殿下を前に直立する。

「……失態だったな」

「申し開きのしようもありません」

吐き捨てられた言葉に、謝罪の言葉を口にして深く頭を下げた。

殺伐とした空気に耐えかねたのか、殿下の隣に座るソフィアが口を開く。

「あの、二人とも、ごめんなさい。私が迂闊《うかつ》だったから。だから、イェルクだけのせいじゃなくて……」

己を庇《かば》う言葉に、奥歯を噛《か》み締《し》める。

彼女の優しさが、今は屈辱《くつじょく》でしかなかった。

下げたままの頭の向こうで、殿下の嘆息《たんそく》が聞こえる。

「それで？　お前の目から見た真実は？　ソフィアと騎士団から報告は受けたが、お前自身の口から真実を聞きたい」

問いに、「はい」と答えて顔を上げる。羞恥《しゅうち》に暴れ出したくなる言葉を、なんとか口にした。

「……バルデ子爵夫人に嵌《は》められました」

「バルデ？　……子爵家の未亡人か」

「はい。彼女と部屋に入り、すすめられた酒を口にしました。……ですが、それ以降の記憶がありません」

己の発言に、殿下の眉根に皺《しわ》が刻まれる。

「薬物だろうな。睡眠薬でも飲まされたか……」

自身と同じ結論に達した殿下の言葉を、黙って受け入れる。過去に関係を持った相手とはいえ、よく知りもしない女を信用した己の愚かさに腹が立った。

(油断していた。……クソッ、なんて馬鹿な真似を!)

カトリナから解放され、脇が甘くなっていたのだと自省する。

目を覚ました時には、事態は既《すで》に自身の手を離れ、のっぴきならない状況に陥《おちい》っていた。

残された選択肢は二つ。「主の婚約者と不貞を働いた反逆者」となるか、「捨てた婚約者に手を出した愚か者」となるか。

(クソ、クソ、クソッ! 何故《なぜ》、あんな女の誘いに乗ってしまったっ⁉)

結果、未婚の令嬢に手を出した責任として、己に執着《しゅうちゃく》し続けるカトリナと再び婚約を結び直す破目になった。

愚か者の烙印《らくいん》を押されただけでなく、あの女の執着《しゅうちゃく》に搦《から》め捕《と》られてしまうとは——

「……イェルク。バルド夫人の背後にいるのは誰だと見る? テレーゼか、クリスティーナか」

「それは……、おそらく、テレーゼ・リッケルトかと」

意識のない間の話ではあるが、騎士団の報告とソフィアの話からある程度の推測は立っている。

自身とソフィアの不貞を主張したのがテレーゼ・リッケルトである以上、子爵夫人が彼女の手先であることは間違いない。

(カトリナに嵌《は》められた可能性もないとは言えないが……)

あの女に、それほどの知恵も度胸もない。

ただ、気になるのは、クリスティーナの存在だ。

彼女とカトリナは示し合わせたように、テレーゼの発言を否定している。まるで、ソフィアと己を庇《かば》うかのように——

（……何故《なぜ》だ？　カトリナが私との婚約を画策したのだというなら分かる。だが、だとしても、クリスティーナに益はない）

カトリナは一度、クリスティーナを裏切っている。クリスティーナが彼女を利する理由がない。

（では、だとすれば、やはり、クリスティーナはソフィアを庇《かば》った……？）

確信が持てずに沈黙すると、殿下が口を開いた。

「テレーゼに関しては方が付いている。あの女の不敬に対し、王家から正式な抗議を入れた。……少なくとも、ソフィアが卒業するまで、あの女が表に出てくることはない」

そう告げる殿下の眉間《みけん》の皺《しわ》は消えず、問題が片付いたとはとても言えない表情だ。

「厄介《やっかい》なのはクリスティーナだ。あの女、一体、何を企《たくら》んでいるのか……」

己と同じ疑念。捨て置くわけにはいかない問題に、思案する。

沈黙の中、ソフィアが「あの」と口を挟んだ。

「もしかしたら、クリスティーナさんも反省して、私に歩み寄ろうとしてくれたんじゃないかな？」

「反省？　まさか、あの女が？」

殿下の「あり得ない」と言わんばかりの声音に、ソフィアが「でも！」と反論する。

「確かに、『お友達にはなれない』って言っちゃったけど、私とクリスティーナさんって、一応、和解してるでしょう？　それで、私が困ってるのを見て、助けてくれたんじゃないかなーって……」

しりつぼみになったソフィアの言葉に毒気が抜かれたのか、殿下の口から笑い声が零れた。

「ハハッ！　全く、お前という奴は、気が良すぎるというか、なんというか……！」

「えっ⁉　ちょっと、アレクシス！　キャァ！」

殿下の腕が傍《かたわ》らのソフィアに伸び、引き寄せられた彼女の身体が長椅子に沈んだ。

戯《たわむ》れる二人の姿を横目に、先ほどのソフィアの言葉を反芻《はんすう》する。「和解」や「窮状《きゅうじょう》を見かねて」など、あり得ぬ推論に、自然と眉間《みけん》に力が入った。

己の知るクリスティーナは、他者の甘えを許さず、他者に阿《おもね》ることもしない。ソフィアに許しを与えられたとはいえ、それを恩に着るような性格では決してない。

だからこそ、彼女の行動原理が見えずに悩んでいるのだが――

「……殿下」

「なんだ？」

「今回の件、やはり、情報が少なすぎます。このままでは埒《らち》があきませんので、一度、クリスティーナ嬢に直接問《と》い質《ただ》したいと思います」

己の提案に、ソフィアを腕に抱いた殿下が渋面を浮かべた。

「お前が直接、か？　今回の騒動は事件ではないのだぞ？　……大事にするつもりはない」

「はい。それは承知しております」

ソフィアの体面、名誉を守るため、騒動の収束を急ぐ殿下の判断は理解する。

（だが、このまま、今のままでは……！）

己の心が納得しない。

この身が、汚辱《おじょく》にまみれたままでは——

「……カトリナを使います」

彼女の名にソフィアがピクリと反応したが、特に口を開くことはなかった。

「カトリナとの婚約を報告するという建前で、クリスティーナ嬢に接触します。『カトリナとの仲を取り持ってくれた礼だ』とでも言えば、拒否はされないでしょう」

「なるほど」と頷《うなず》いた殿下は思案の末、クリスティーナとの接触を認めた。

殿下の隣でソフィアがもの言いたげにしていたが、気付かぬ振りで早々に暇《いとま》を告げる。

要《い》らぬ邪魔をされては困る。

クリスティーナの企《たくら》み、その尻尾《しっぽ》さえ掴《つか》めれば、今度こそ、カトリナごと叩き潰すことができるのだから。

(……必ず、後悔させてやる)

己の名を貶《おとし》めたことも、望まぬ婚約を押し付けたことも。必ず——

ヘリング家に乗り付けた馬車。立ち上がる気になれず、座席で動かずにいると、扉が外から開いた。

馭者《ぎょしゃ》の開けた扉から、着飾った女が乗り込んでくる。弾むような足取りで、顔を紅潮《こうちょう》させて。

「……なんです、その恰好《かっこう》は？ まさか、愛し愛される婚約者のつもりですか？」

己の発言に、対面に座ろうとした女――カトリナの顔から表情が消えた。静かに腰を下ろした彼女が口を開く。

「……本日は、公爵令嬢であるクリスティーナ様を訪問すると伺っています。彼《か》の方《かた》に相応《ふさわ》しい装《よそお》いを選びました」

言い訳めいた発言に、鼻で笑って返す。それきり、カトリナは口を閉じた。

走り出した馬車の中、沈黙が支配する。

会話に煩《わずら》わされることのない状況は歓迎するが、本命との対峙《たいじ》前に、ある程度の情報は掴《つか》んでおかねばならない。

「……貴女とクリスティーナ嬢はグルですか？」

カトリナの視線が一瞬こちらを向くが、すぐに窓の外に逸《そ》らされた。

「クリスティーナ嬢は何を企《たくら》んでいるのです？　わざわざ、裏切り者の貴女を使ってまで」

「裏切り者」という言葉に、凡庸な碧《あお》の瞳が再びこちらを向く。

「……私ごときに、クリスティーナ様のお考えが分かろうはずもございません。ですが、私があの方を裏切ることは二度とありません」

「フン。そうやって殊勝《しゅしょう》な態度を見せて、また、あの女に取り入るつもりですか？」

相手の怒りを煽《あお》って失言を狙う言葉に、しかし、カトリナは表情を崩さない。

そのまま、また窓の外に顔を向けた女の態度が苛立《いらだ》たしく、腹立《はらだ》ち紛《まぎ》れの言葉を口にする。

「そんな浅はかな考えが、クリスティーナ嬢に通用するとでも？　彼女も馬鹿ではありません。一度でも自分を裏切った人間を傍《そば》に置くわけがない」

「……重々、承知しております。私に、あの方のお傍《そば》に侍《はべ》る資格はありません」

窓の外に向けられた暗い双眸《そうぼう》。そこに好機を見て、彼女の名を呼ぶ。

「……カトリナ。我々につきなさい」

それは、いつかと同じ言葉。彼女に「諾」と言わせる術《すべ》は既《すで》に心得ている。

「私に従えば、アレクシス殿下の庇護《ひご》を得られます。今まで通り、ソフィア様に侍《はべ》ることもできる。クリスティーナ嬢にも、ウィンクラー家にも、手出しはさせないと約束しましょう」

外を見つめるカトリナが目を閉じた。痛みに耐えるかのような表情を浮かべるが、返事はない。

致し方なく、更に言葉を重ねる。

「それに、私も。……婚約者として、貴女を尊重すると約束しましょう」

そこで漸《ようや》く、カトリナがこちらを向いた。笑んでみせると、彼女の口からため息が零れる。

「……お断りいたします」

「何故《なぜ》ですっ⁉　貴女にとっても、ヘリング家にとっても、決して悪い話ではない。私は、伴侶として貴女を生涯大切にすると……！」

「先ほども申し上げました通り、私がクリスティーナ様を裏切ることは二度とありません。……それに、イェルク様のお約束に、一体どれほどの価値があると？」

冷め切った瞳で告げられ、頭に血が上る。

（このっ、調子に乗った愚か者が……っ！）

置かれた状況を理解しない女は、こちらの提示した最善の選択を無価値なものとして払いのけた。話の通じぬ女への苛立《いらだ》ちが募《つの》る。

まずは、この愚かな女に自身の立場を理解させねば——

「……いいですか、カトリナ？　勘違いされては困りますが、私が聖夜祭での貴女との関係を認めたのは、他に選択肢がなかったからです。婚約は私の意思ではありません」

返す言葉がないのか、カトリナが沈黙する。それにため息をついて、「だから」と続けた。

「いくらそうやって着飾ってみせても、そんなもので私の気は引けません。貴女が、私の歓心を買いたい、私の隣に立ちたいと望むのなら……」

言いかけた言葉は、カトリナの一言で遮《さえぎ》られた。

「望んでおりません」

「は……？」

「私は、貴方の想いなど望んでおりません」

言われた言葉の意味を理解し、瞬時に怒りが爆発する。

「ならば何故《なぜ》、私と関係を持ったなどと嘘をついた!?　貴女の妄言《もうげん》が、今の事態を招いたのですよ!?」

詰め寄るが、目の前の女は顔色一つ変えずに答える。

「クリスティーナ様がそう望まれたからです」

「クリスティーナ嬢？　どうして、彼女が望むのです？　私と貴女の婚約に彼女は関係ないでしょう！」

「イェルク様に関係なかろうと、私にはあります。『あの方が望まれた』、それだけで私には十分な理由となります」

（そんな馬鹿な……っ！）

淡々と答える女の薄ら寒さに怒りが削《そ》がれる。

代わりに、なんとも言えない不安に襲われた。

どう返すべきか迷う内に、カトリナの口元に薄い笑みが浮かぶ。

「……何を笑っているんですか？」

「いえ。……先ほど、『クリスティーナ様のお心は分からない』と申し上げましたが、おそらく、これは、あの方が私にお与えになった罰なのだろうな、と」

「罰……？」

「ええ」と頷《うなず》いたカトリナの視線が、再び窓の外――遠くへ向けられる。

「愛しもせず愛されもしない婚約者と茨《いばら》の道を行く。それに『耐えろ』と。それが、あの方を裏切った私に対する罰です」

「っ⁉　貴女は私との婚約を不本意だとでも言うのですかっ！」

再び込み上げた怒りを必死に抑え込む。

（分かっている。これは彼女の虚勢だ。クリスティーナの思惑《おもわく》を誤魔化《ごまか》すための詭弁《きべん》……！）

でなければ、カトリナが――己に執着《しゅうちゃく》めいた恋情を持つ彼女が、こんなふざけた発言をするわけがない。

そう思う一方で、こちらを一顧《いっこ》だにしないカトリナの横顔に一抹《いちまつ》の不安を覚える。

（……大丈夫だ）

そう自身に言い聞かせてから、「何が大丈夫なのか」と疑問に思う。むしろ、彼女の無関心は歓迎すべきこと、喜ぶべきことなのに。

思考が纏《まと》まらぬ内、馬車が動きを止める。馭者《ぎょしゃ》がウィンクラー家への到着を告げた。

◇◇◇

邸の客間。案内されてきたカトリナとイェルクの間の空気に、わずかな違和感を覚える。

当たり障《さわ》りのない挨拶《あいさつ》を交わしながら、私は二人に着席を促《うなが》した。

向かい合うソファ。並んで座る二人の間にある距離がやはり気になる。

「……ご婚約おめでとうございます。わざわざご挨拶《あいさつ》まで頂いて、嬉しい限りですわ」

型通りの友人への祝いの言葉を述べる。澄まし顔のイェルクの眉間《みけん》に小さな皺《しわ》が寄った。

「まだるっこしい真似は止《や》めましょう。我々の婚約は貴女に押し付けられたもの。祝いの言葉など不要です」

不躾《ぶしつけ》な言葉に、彼に対する違和感がますます大きくなる。

イェルクらしくない性急さ。腹の探り合いが大好きな彼が、一体、何を焦《あせ》っているのか。

「……クリスティーナ嬢、単刀直入にお尋ねします。聖夜祭の顛末《てんまつ》、貴女は何を企《たくら》んでおいでですか？」

「企《たくら》む……？」

「ええ。一見、貴女の言動はソフィア様を擁護《ようご》するものに思えます。ですが、結果として、私にカトリナを近づけることに成功している。これは、今後への布石、なのではありませんか？」

イェルクの邪推に、内心で「なるほど」と頷《うなず》く。

彼の立場なら、そうした疑いを持つことも不思議ではない。

けれど、今回、己は完全なる部外者だ。巻き込まれた立場からすると、「言い掛かりは止《や》めてほしい」としか答えようがない。

（でも、それじゃあ、納得はしないんでしょうね……）

内心で嘆息し、彼らを公爵邸に招いて良かったと己の判断に満足する。こんな話を学園の寮など、耳目《じもく》のある場所でするわけにはいかない。

「……カトリナ、貴女、殿下やイェルク様にどこまでお話したの？」

現状を確認するため、イェルクの問いには答えず、カトリナへ話を向けた。彼女が口を開く。

「私は、クリスティーナ様のお言葉通りにお伝えしました」

「私の言葉通り？　……まさか、イェルク様と関係を持って、気を失った彼のもとに私とソフィア様を連れていった、と？」

「はい」

なんの躊躇《ためら》いもなく肯定したカトリナに、内心で頭を抱える。

「確かに、あの場ではそう証言するよう、貴女に強要したけれど……」

しかしそれは、ソフィアやイェルクの証言と突き合わせれば破綻《はたん》する話。カトリナも当然承知しているだろうから、殿下の取り調べには正直に答えると思っていたのだが――

「……カトリナ、真実を語りなさい」

「真実、ですか？　……クリスティーナ様の証言とは異なる話をしろ、と？」

ここに来てもまだ迷いを見せる彼女に、頷《うなず》いてみせる。

「私の言わせた言葉は忘れてちょうだい。あの晩、貴女が実際に何をしたのかを話して」

「承知いたしました」

生真面目《きまじめ》に頷《うなず》いたカトリナは、あの夜の真実を語った。

彼女がテレーゼに脅され甘言《かんげん》に釣られて、ソフィアを嵌《は》めようとしたこと。イェルクが関係を持った未亡人がテレーゼの手先であったこと。部屋の鍵はテレーゼから受け取ったこと、を。

全てが明かされた後、それでも納得がいかないのか、イェルクは険しい顔のまま口を開く。

「素晴らしい筋書きですね。けれど、俄《にわか》には信じ難い」

そう言って、眼鏡のブリッジを指先で押し上げた。

「今の話には、クリスティーナ嬢、貴女の関わりが一切出てきません。だが、確かに貴女はあの場にいた。どころか、貴女の独壇場《どくだんじょう》だったと報告を受けています」

「だとしても、結末はそんなに悪くなかったでしょう？　最善ではないからと言って、何もせず寝こけていただけの貴方が、これ以上、何を望むのかしら？」

「っ⁉」

傲慢《ごうまん》に言い放つと、イェルクの顔が屈辱《くつじょく》に歪《ゆが》んだ。

真っ赤に染まった顔に、少し大人げなかったかと反省する。益のないことをしてしまった。

「とにかく、カトリナの言葉は本当よ。私はソフィア様を貶《おとし》める行為に加担していない。あの部屋にいたのは成り行きよ。……どうやって入り込んだかは詮索しないで。答えないわ」

そう告げて、こちらに向けられるカトリナの瞳を見つめ返す。

「……ただ、馬鹿な行いをしようとしている者を止めたかった。後は、馬鹿な行いに気付いていない者の尻拭《しりぬぐ》い、後始末、そういった何か。私は、最悪な事態を避けたかっただけ」

顔色の戻ったイェルクが口を開く。

「貴女の言う、『最悪な事態』とは……？」

「そんなもの、貴方とソフィア様の不貞が成立してしまうことに決まっているでしょう？」

「私とソフィア様は、誓ってそのような関係ではありません！」

舌打ちしそうな勢いで言われ、「分かっている」とため息で返した。

「誓っていただかなくて結構。だけど、あの場でそれを証明する手段はなかった。ソフィア様は動転しているし、貴方は意識がないし……。私にできたのは、全く別の『筋書き』をそれらしく取《と》り繕《つくろ》うくらいのものだった」

暗に「貴方のせいだ」と伝えると、イェルクの瞳がギラギラと明確な憎悪を見せる。

「……何故《なぜ》です？　私とソフィア様の汚名が、何故《なぜ》、貴女にとって『最悪の事態』となるのですか？　貴女は私やソフィア様を疎《うと》んでいる、憎んでいるはずでしょう！」

「それはまぁ、好意はありませんが……」

「だったら、何故《なぜ》っ⁉」

再び声を荒らげたイェルクに、わずかに虚《むな》しさが込み上げる。

ここで「何故《なぜ》」と聞かれてしまうのは、彼や殿下には己の行動理由が分からないから。己が動いた以上、何かしらの裏があり、悪意があることが前提となっている。

（……それほど浅い付き合いではなかったはずなのにね）

前世の記憶を得たからといって、自身の核は変わらない。信念も行動原理も、彼らの知るクリスティーナ・ウィンクラーのものだ。記憶を持たずとも、己は今回と同じ判断をしただろう。

何故《なぜ》なら、私は――

「私はウィンクラーの人間。ハンネス・ウィンクラーの娘です」

告げた言葉に、イェルクが訝《いぶか》しげな表情を浮かべる。

「それがなんだというのです？」

「……お忘れかもしれませんが、ウィンクラーは国の護《まも》り。ウィンクラーである私が、国が荒れる原因を見逃すはずがないではありませんか」

「それは……」

虚を衝《つ》かれた様子のイェルクに、苦笑する。

「後からどれだけ否定しようと、あの場で騒動となってしまえば、ソフィア様の醜聞《しゅうぶん》は避けられませんでした。貴族社会の悪意がどれほどのものか、イェルク様もよくご存じでしょう？」

黙り込んだイェルクに、笑みを消して告げる。

「もし、その隙をリッケルトに突かれたら？　ソフィア様が排され、テレーゼ様が殿下の婚約者となられたら？　……この国の騒乱が目に浮かぶようではありませんか」

リッケルトの台頭は貴族社会のバランスを大きく崩す。

それを悪とは言わないが、対立するウィンクラーとしては望ましい未来ではない。己の望む国の安寧《あんねい》からも大きく遠ざかってしまう。それに、テレーゼが王妃の器でないことは、イェルクも重々、承知しているだろう。

黙り込んだ彼に、個人としての本音も付け加えた。

「今さら、私がこんなことを申し上げるのもなんですが、殿下の妃はソフィア様が最も相応《ふさわ》しいと考えております」

「……本気で言っているのですか？」

疑心と苛立《いらだ》ちを如実《にょじつ》に伝える瞳に、「ええ」と答える。

「過去の話は抜きにして、今はそう考えています。……何しろ、ソフィア様は花の王家の末裔《まつえい》。国母となられるのに、これ以上の方は望めないでしょう」

イェルクの膝に置かれた両の拳《こぶし》に、ギュッと力が込められる。床を睨《にら》みつける彼のその賢い頭の中で、一体、どんな思考がなされているのか。

「……それと、ご存じかもしれませんが、お父上の宰相閣下から、父を通してお礼の言葉を頂いております」

「っ!? 何故《なぜ》、父が？」

愚鈍な反応に、思わず片眉が上がる。

「あら、ご謙遜《けんそん》ですか？ アレクシス殿下の片腕、宰相家のご子息であらせられるイェルク様が殿下の婚約者に横恋慕《よこれんぼ》するなど、国を揺るがす一大事ではありませんか」

「まさか！ そんなことにはなりません！ 殿下が私とソフィア様の仲をお疑いになるなど！」

だとしても、だ。

王家とミューレン家の間には、確実に不和を招いただろう。

彼らの間では誤解しようのない問題であろうと、それが、第三者、王都の貴族社会でどこまでの大事になるかが見えていない。イェルクと殿下やソフィアとの距離が近しい故《ゆえ》の弊害《へいがい》だ。

しかし、当の本人に見えていなくても、ミューレンの家は違う。それを、彼が父親から聞かされていなかったのは気になるが――

「何《いず》れにしろ、私の行動は宰相閣下に認められ、評価された、ということです」

そう伝えても、納得がいかないらしいイェルクが、「しかし」と反論する。

「貴女の行動が全て善意であったとは言えないでしょう？ 現に、私はカトリナとの醜聞《しゅうぶん》を晒《さら》され、婚約を結ぶ羽目になりました」

不本意だと告げる彼の視線に、「結局はそこか」と嘆息する。

（要するに、自分が馬鹿にされたことが気に食わない。望まない婚約もしたくない、ということね）

子どものような言い分に、「文句があるなら自分でやれ」と切り捨てるのは簡単だが――

「私に貴方を貶《おとし》めようという意図はありませんでした。けれど、あの晩のイェルク様のお姿は、なんというか、まぁ、どうやっても言い訳のしようがなかったというか……」

そこで、「何を言っているのだ」と言わんばかりに視線を鋭くするイェルクに、「もしや」と思う。

「イェルク様は、ご自分がどのようなお姿で発見されたのか、ご存じないのですか？」

「どのような？　私はただ、薬で眠らされただけで……」

彼の言葉に「なるほど」と納得する。

実際、彼と婦人の間に何があったのかは分からない。関係を持ったが、イェルクが記憶を失っているのか。あるいは、本当に眠らされただけで、それらしい「工作」があっただけなのか。

（どちらでもいいけど、騎士団の調査でその辺りの報告はなかったの？）

自身の口からあの晩の真実を伝えねばならないのかと憂鬱《ゆううつ》になる。

躊躇《ちゅうちょ》していると、不意に、それまで沈黙していたカタリナが口を開いた。

「あの晩のイェルク様のお姿は、情事の後を思わせるものでした」

「カトリナッ！　貴女、何を言い出すんですかっ⁉」

怒りか羞恥《しゅうち》か、イェルクの顔が真っ赤に染まる。彼の制止を無視し、カトリナは言葉を続けた。

「あの場でそれを疑う方はいらっしゃいませんでした。テレーゼ様方も、騎士団の方も、だらしなく全裸で転がる貴方の姿を目にされています」

カトリナの視線が真っすぐイェルクに向けられる。

「その状況で、どうやってイェルク様の醜聞《しゅうぶん》を避けることができたと？」

「っ⁉」

冷え冷えとした彼女の言葉に、首まで朱に染めたイェルクが言葉を失う。

記憶にない自らの恥を知ってしまった彼に同情はするが、さすがに、これで納得するだろう。

それよりもカトリナが気に掛かり、彼女に視線を向ける。

「確かに、イェルク様の醜聞《しゅうぶん》は避けようがなかった。だけど、その相手に貴女を選んだのは故意よ。……何故《なぜ》だか分かる？」

こちらの問いに、カトリナの細い声が「はい」と答えた。

「贖罪《しょくざい》……。ソフィア様を貶《おとし》めんとした私に与えられた罰だと心得ております」

「そう、ね……」

あの場でこちらの誘導に逆らわなかった時点で、彼女は自らの罪を認めている。今も、粛々《しゅくしゅく》とした態度で贖罪《しょくざい》を口にする彼女に、恨《うら》み辛《つら》みの色は見えない。

「……これからが大変ね」

彼女の行く末を思う。

「未婚の令嬢が婚約を解消された相手と関係を持った。しかも、それが衆目に晒《さら》された。皆が面白おかしく騒ぐでしょうね。……ご家族はなんと？」

「父より叱責《しっせき》を受けました」

淡々と告げるカトリナに、「そう」と答えて目を伏せる。

その叱責《しっせき》が暴力を伴《ともな》うものだと知っているから、胸が塞《ふさ》ぐ。取り乱しもせず、全てを受け入れたかのようなカトリナの態度に、それ以上、掛ける言葉を持たなかった。

横で、イェルクが「馬鹿馬鹿しい」と吐き捨てる。

「叱責《しっせき》されたくらい、なんだというのです？　周囲の誹《そし》りも当然のこと。ソフィア様を害し、王家を謀《たばか》らんとした罪を、その程度で贖《あがな》えるとは思わないでください」

「……カトリナはテレーゼ様に脅されていた。それを加味しても？」

「弱さに対する言い訳など、私は認めません」

弱者を切り捨てる言葉は、彼がその立場に立つことがなかった証《あかし》。

けれど、今や、彼の立ち位置は大きく変わった。果たしていつまで、その主張を続けられるか。

「……では、言い方を変えましょう。カトリナを傍《そば》に置くことを決めたのはソフィア様です。家格的にテレーゼ様に立ち向かえないカトリナを傍《そば》に置く危険性を考慮しなかったのですか？」

「それは、カトリナにはソフィア様の庇護《ひご》を……」

「庇護《ひご》？　具体的には？　まさか、『友人として傍《そば》に置く』、それだけではありませんよね？　テレーゼ様との諍《いさか》いの矢面《やおもて》に立ち、彼女の行いを諫《いさ》める。当然、その程度はなさったのですよね？」

こちらの問いに、イェルクは口をへの字に曲げ、黙り込む。その姿にため息が漏れた。

「ソフィア様はともかく、貴方と殿下は何をなさっていたのですか？　ソフィア様のお傍《そば》にカトリナを据《す》えるだけ据《す》えて、監視もせず、庇護《ひご》も与えなかった。……何故《なぜ》です？」

「……事前に、身辺の調査は行いました」

「そう。では、調査が甘かったのね。淑女科の教室を覗けば、すぐにでも分かったことだわ」

「……彼女の調査にそこまで時間を掛ける必要性を感じられませんでした」

つまり、カトリナを「脅威となり得ない」と軽んじ、結果、手痛いしっぺ返しをくらったというわけだ。「ご愁傷様」と肩を竦《すく》めると、我慢ならなかったらしいイェルクが勢い良く立ち上がる。

「どうやら、これ以上は時間の無駄のようです。互いに不快しか生みませんので、私はここで失礼させていただきます」

言い捨てて、礼儀も何もなく部屋を出ていく。癇癪《かんしゃく》を起こした男の背をため息で見送った。

カトリナが楚々《そそ》とした仕草で立ち上がり、頭を下げる。

「イェルク様の無礼、代わってお詫《わ》び申し上げます。ご容赦《ようしゃ》ください」

言って顔を上げた彼女は、言葉ほどにはイェルクを気にした様子がない。そこで、最初に二人の間に感じた違和感の正体に気が付いた。

(視線。……カトリナがイェルクを全く見ていない)

己の知るカトリナは、イェルクの動向を常にその目で追っていた。片恋だと承知していたからか、直接声を掛けることはなかったが、一心に彼を見つめる瞳には熱——彼女の想いが感じられた。

それが今は——

「カトリナはイェルク様のこと……、彼との婚約をどう思っているの？」

彼女が既《すで》にイエルクへの想いを失っているのなら、この婚約は文字通りの贖罪《しょくざい》。己が思い込んでいた「救い」など、どこにもないことになる。

カトリナが口を開いた。

「イエルク様に今までと同じ想いを向けることはできません。ですが、彼との婚約は私に与えられた大事な役目、全《まっと》うしたいと思っています」

彼女の言葉に「そう」と返し、きつく両目を閉じる。広がる苦い思いを呑み込んだ。

両目を開き、慣れ親しんだ碧《あお》の瞳を見つめる。

「……前途多難ね。貴女も、私も」

「はい。ですが、私の場合は自業自得ですから」

そう言って微笑《ほほえ》む彼女の内に、今までなかった強さを垣間見《かいまみ》る。これからの互いの健闘を祈って、笑みを交わした。

◆　◆　◆

「……遅い。私を待たせていることは分かっていたでしょう？　もっと早く戻ろうとは思わなかったのですか？」

ウィンクラー邸の玄関前に付けた馬車の中、漸《ようや》く乗り込んできたカトリナに苦言を呈する。「申し訳ありません」と返したカトリナは、言い訳をすることもなく、それきり口を噤《つぐ》んだ。

沈黙はこちらにも都合が良い。会話に煩《わずら》わされることなく、先ほどのクリスティーナとの会談を省《かえり》みる。

（……結局、あの女の企《たくら》みを暴くことはできなかったか）

恐ろしいことに、クリスティーナの主張は一応の筋が通っており、彼女を知らない者からすれば、十分に納得のいく説明になっていた。

（まったく、小賢《こざか》しい……！）

おまけに、自身の失態を暴かれ、憤死するかと思うほどの恥をかかされた。結果、逃げ出すような形になったのは業腹《ごうはら》だが、成果がまったくなかったわけではない。

意識を目の前の女へ向ける。

相変わらず横顔を向けているカトリナだが、今日、初めて、彼女が聖夜祭の出来事について真実を語った。

これで……クリスティーナには届かずとも、カトリナを排除する目途《めど》は立った。

学園の女子寮が近づいたところで、カトリナの名を呼ぶ。碧眼《へきがん》がこちらを振り向いた。

「今回の件に関して、クリスティーナ嬢はああ仰《おっしゃ》いましたが、貴女の罪を裁くのも、罰を与えるのも彼女ではありません。それを成すのは王家であり、アレクシス殿下です」

「……それで、私にどうしろと仰《おっしゃ》るのですか？」

「まずは婚約の破棄。これは早急に行います。それから、学園の退学、謹慎。後はヘリング家の判断に寄りますが、修道院送りが妥当でしょうか」

そう告げるが、カトリナの表情は変わらない。

その反応の鈍さが腹立たしかった。

「ハァ……、まったく、貴女は自分の状況をきちんと理解していますか？　もし、まだ本気で私の妻の座に納まれると思っているのなら、それは大きな間違いです。貴女にその資格も価値もない」

ここまで言って漸《ようや》くカトリナも理解したらしい。その顔に鋭い険を覗かせる。

「イェルク様こそ、きちんと事態を把握されていらっしゃいますか？　本気でこの婚約を破棄できると？」

「ハッ！　当然でしょう？　貴女の罪が明らかになった以上、我々の婚約は無効です。帰宅次第、家から連絡を入れさせていただきますよ。今度は解消ではなく、破棄という形で」

「……それが宰相家の決定であれば、我が家が異を唱えることはありません」

そう殊勝《しゅしょう》に答えたかと思ったが、不遜《ふそん》にも、カトリナは「ですが」と言葉を返す。

「宰相閣下が私たちの婚約を破棄することはないでしょう」

「は？　その妄言《もうげん》の根拠はなんですか？　どこからそのような自信が出てくるのか……」

「本気でお分かりにならないのですか？」

侮蔑《ぶべつ》の籠《こ》もった言葉に、神経を逆撫《さかな》でされる。反論しようと口を開きかけたが、「お忘れですか」というカトリナの言葉に阻《はば》まれた。

「宰相閣下はクリスティーナ様に感謝の意を示されました。あの夜の真実として、クリスティーナ様の提示された筋書きをお認めになっているのです」

「っ！　しかし、それは貴女の悪事が露見する前の話だ！　少なくとも、貴女に関してはそれ相応の処罰をっ……！」

「それは、どうやって？　私の罪を明らかにするために訂正して回るのですか？　あの夜の貴方の相手は私ではなかったと、自分は嵌《は》められただけだと被害を主張なさるのですか？」

その指摘に、グッと言葉を呑み込む。

(訂正する？　嵌《は》められたと主張する？　クソッ、そんなことは不可能だ……！)

そんな真似をすれば、己の尊厳は傷つけられ、ソフィアも再び立場を危《あや》うくする。

「……イェルク様、お分かりでしょうが、私たちの仲に不審があれば、それは、あの夜に繋がります。『私との関係はソフィア様との仲を隠すもの』、そう、あらぬ疑いを持たれるやもしれません」

「貴女がそれを言いますか⁉　そもそも、貴女がソフィア様を嵌《は》めようなどとするからっ！」

「では、私を告発なさいますか？」

淡々と返された言葉に、堂々巡りの思考が繰り返される。

この女を告発すれば、あの夜に新しい「真実」が必要になる。そこで正しい調査がなされれば、いずれ事実は明らかになるだろう。

けれど、もし、それが叶わなかったら——？

テレーゼ・リッケルトに逃げられ、ソフィアの醜聞《しゅうぶん》が避けられなかった場合、最悪な結末を迎えることになる。

そして何より、アレクシス殿下は事《こと》が公《おおやけ》になるのを望んでいない。

「……いいでしょう。しばらくは、貴女との婚約を継続します」

カトリナの弁に屈するわけではないが、今はそれが最善だと判断する。

「ですが、覚悟しておいてください。ほとぼりが冷めれば、この婚約は必ず破棄します。貴女のような女を妻にするなど、冗談じゃない」

「……承知しました。時機について、私に判断を任せていただけるのであれば、破棄に同意いたします」

「貴女の判断？　そんなものを許すわけがないでしょう。貴女に任せていては、いつまでも先延ばしにされてしまうじゃないですか」

拒絶の言葉に、カトリナの口から嘆息が漏れる。

「破棄はいずれ必ずいたします。ですが、時機の判断をイェルク様にお任せするのは、どうにも不安があるのです。貴方の浅慮《せんりょ》が、クリスティーナ様のご意思を損ねないかと……」

「浅慮《せんりょ》っ!?　貴女、一体、何様のつもりです？　どれだけクリスティーナ嬢に傾倒しているのか知りませんが、貴女に侮辱《ぶじょく》を受ける謂《いわ》れはないっ！」

「では、せめて、宰相閣下にご判断を仰《あお》いでください。……貴方は視野が狭い。ご自分で思っているほど賢くはありません」

「貴様っ！」

自身よりも遥《はる》かに劣る相手からの誹《そし》りに、身体中の血が沸騰《ふっとう》する。自然と声を荒らげていた。しかし、カトリナがそれを気にした様子はない。こちらを一瞥《いちべつ》した彼女が口を開く。

「聖夜祭で、私が貴方を呼び止めた理由をお考えになりましたか？」

「理由？　そんなもの、考える価値もない！」

頭に血が上ったまま吐き捨てたが、カトリナの言葉にあの夜の光景が蘇《よみがえ》る。

薄灯りの宿泊棟。階段の途中でカトリナを見下ろしていた。そして、隣には己を陥《おとしい》れた女が。

不意に、言い知れぬ不安が胸を過《よぎ》る。

何故《なぜ》、カトリナはあの場に現れたのか。テレーゼ・リッケルトの命に従うのであれば、彼女が己と顔を合わす必要はない。

いや、むしろ――

「……あの瞬間まで、愚かな私は叶わぬ望みを抱いておりました」

カトリナの言葉に身体がビクリと震える。

その先を聞くのが怖い。

耳を塞《ふさ》ぎたくなるが――

「テレーゼ様の企《たくら》みをお伝えすれば、今度こそ、貴方は私を見てくださるのでは、と……」

「そんな……、では、貴女はあの時……」

「『貴方はその女に騙《だま》されている』、……そう、お伝えするつもりでした」

聞きたくなかった言葉。的中した不安に血の気が引く。

「う、そでしょう？　忠告なんて……、あり得ません。だって、貴女が言ったのですよ？　私に想いはないと。だから、忠告なんてするはずが……」

「いいえ、確かに想っておりました。……貴方に拒絶されたあの瞬間までは」

「嘘です。あり得ない……」

言いながら、身体中の力が抜けるのを感じる。心は否定するが、頭はカトリナの言葉を肯定していた。

でなければ、彼女があの場に現れた説明がつかない。忠告するつもりがなければ、そもそも己の前に現れる必要さえないのだ。

(では……、では、本当に……？)

本当に彼女は忠告のために現れたのか。そうして自分は、テレーゼ・リッケルトの罠《わな》に気付けた唯一の機会を自ら放棄したというのか。

では、あの時、己の隣で女が嗤《わら》っていたのは——

馬車の速度が落ちる。

やがて、静かに止まった馬車の中、自身の荒い呼吸が耳に付く。扉が外から開かれ、カトリナが立ち上がった。

「……イェルク様、婚約の破棄に関して、宰相閣下の判断を疎《おろそ》かにされませんよう、くれぐれもお願いいたします」

そう告げて馬車を降りた彼女がこちらを振り向いた。

「……今度の忠告は聞き届けていただけると、そう信じております」

「っ⁉」

クルリと身を翻《ひるがえ》したカトリナの背が、寮舎の中へ消えていく。馬車の扉が閉まった。

再び走り出した馬車の中、膝に両肘をついて頭を抱える。知らず、呻《うめ》き声《ごえ》が漏れた。抑え切れないそれが、次第に車輪の音をかき消す絶叫となる。

怒りも羞恥《しゅうち》も後悔も、全て吐き出すように、声が枯れるまで叫び続けた。

第二章　演習試合にて、示す覚悟

聖夜祭より二月《ふたつき》が過ぎた。

カトリナとイェルクの再びの婚約は、予想通り、その過程も含めて大きな醜聞《しゅうぶん》となった。おかげで、ソフィアに関する噂《うわさ》が流れることはなく、己の周囲は、平素と変わらぬ時が流れていく。

カトリナは——さすがに、ソフィアとの交友は断たれたようだが、テレーゼのいなくなった教室で淡々と日々を過ごしている。

そうして、それぞれの二ヶ月が終わる頃、後期考査の日が訪れた。

考査の最終時限。魔術の試験を開始すると同時に、オズワルドにしてやられたことに気付く。思わず、歯噛《はが》みした。

(何よ、この問題。どれもこれも、基礎ばっかり！)

ここ数年の試験傾向ではあり得ないほどの簡易さ。多くの生徒が容易に解ける問題は、つまり、ソフィアにとっても、点を取り易いものになっている。

(オズワルドなりの意趣返し。何がなんでも、ソフィアとの点差をつけさせないつもりね)

腹は立つが、今回は不正ではないため、抗議のしようもない。とにかく、一点も落とさないようにと、慎重に問題を解き進めた。

魔術科の多数が満点を取るだろう試験内容は、一つのミスが命取りになる。失点を避けるため、執拗《しつよう》なほど何度も見直しを行った。

そうして、不完全燃焼な後期考査を終えた翌週。

張り出された結果に、再び、歯噛《はが》みする。

(危なかった。八点差って、かなりギリギリじゃない……)

辛《かろ》うじて首位を保ったものの、次点であるソフィアとの点差は十点にも満たない。首の皮一枚で繋がった運の強さに安堵《あんど》すると共に、絶対に避けられなくなった挑戦への覚悟を決める。

高まる緊張と押し寄せる不安を押し殺して、魔術科の教官室へ足を向けた。

「……なんだ、コレは?」

教官室に着いてすぐ、オズワルドの胡乱《うろん》な眼差《まなざ》しを無視して、書類を提出する。受け取りはしたが、一瞥《いちべつ》しただけで突き返そうとする男に、首を横に振って応えた。

「演習試合への参加申込書です。受理してください」

「ったく、なんの冗談だ? 淑女科の人間が演習試合に出るなんざ、聞いたこともねぇ」

「冗談ではありません。淑女科からの参加が禁止されているわけではありませんよね? プロイス先生に確認して、演習試合の窓口はボルツ先生だと伺ってまいりました」

言って、オズワルドの手にある申込書に視線を向ける。

「プロイス先生には参加の意を伝えてあります。握り潰さずに受理していただけますか?」

「……しねぇよ」

舌打ちと共にそう返した男に、「よろしくお願いします」と頭を下げる。

顔を上げたところで、不機嫌な瞳と目が合った。

「今度は何を企《たくら》んでやがる？　なんだってまた、演習試合に出ようなんて気になった？　遊びじゃねぇんだ、怪我するぞ」

「それはもしかして、心配してくださっているのでしょうか？」

「ハッ！　まさか！」

鼻で笑われ、こちらも肩を竦《すく》めて応える。

「試合に出ざるを得なくなったのは、ボルツ先生のせいです。……試験内容、態《わざ》と簡単にしましたよね？」

そう問うと、オズワルドは片頬だけを上げてニヤリと笑う。答えが分かっていた問いではあるが、その表情が腹立たしい。

「おかげで、試合でそれなりの結果を出さなくてはならなくなりました」

「首席卒業って言ってたやつか。……無謀だな」

「ええ。ですが、このまま何もせずに終わるわけにはいきませんから」

言うだけ言って辞去を告げると、オズワルドに呼び止められた。

「温室前で剣を振り回してたのはこのためだな？　自衛のためなんて嘘つきやがって」

「お互い様です」

「フン、まぁいい。受理はしてやる。後から泣き言を言うなよ？　大怪我しようが何しようが自己責任。文句は受け付けねぇ」

脅し半分の嫌味に「当然です」と返し、もう一度、暇《いとま》を告げる。

背中に注がれる視線を感じつつ、教官室を後にした。


演習試合当日。

演習場の端に立ち、天を仰《あお》ぐ。

突き抜ける青空に陽の光が差す。今日だけは寒さも和《やわ》らぎ、王侯貴族が観覧するには絶好の試合日和《びより》となった。

実戦を前に怖気《おじけ》づきそうな己を嘲笑《あざわら》うような陽気に、拳《こぶし》をグッと握り締める。

(駄目でしょう、始める前からこんな弱腰じゃ。勝てる試合も勝てない)

演習試合の配点は公表されていないものの、過去の実績から見るに、上位入賞を果たさなければ首席卒業は危《あや》うい。確実なところで準優勝、三位入賞で「辛《かろ》うじて」というところだろうか。

(本当に綱渡り。ギリギリね……)

不安と緊張を振り払うために、いつの間にか下がっていた顔を上げる。演習場の外へ視線を向け、遠くに見える観覧席に人の姿を捜した。

勝つための理由、今の己を支えてくれる人――

(……いた)

階段状の観覧席。最上段の国王陛下と殿下より一段下、父の名代として臨席している兄の隣に、他とは一線を画す体格の持ち主が座っている。

(フリード様……)

顔も見えない距離。だけど、その姿を目にしただけで、胸の奥が甘く締め付けられる。

彼がここにいるのは、陛下から直々《じきじき》の招待を頂いたからだが、常なら、辺境の護《まも》りを理由に欠席していたという。それを、「婚約者である私に会うために来た」と教えてくれたのは、トリシャとウェスリーの二人だ。それが優しい嘘でも本当でも、彼がこの場にいてくれることが嬉しい。

絶対に、無様《ぶざま》は晒《さら》せない。

(目指すべきは優勝。そのためには、パウルとソフィアの二人に勝たないといけない。……正直、今の私の力では相当に難しい)

対戦表を見るに、勝ち上がれば、準決勝でパウルと、決勝でソフィアと当たることになる。当然、そこに行くまでも一苦労だが、魔術科のエースである彼らは別格。勝ち筋が全く見えない。

(……だけど、負けないことならできる)

演習試合は、降参を宣言するか、身体が試合場から出ることで敗北となる。逆を言えば、相手の攻撃を避け続け、決して「降参」を口にしなければ、負けることはない。

(だったら、やるしかない……)

魔術科と騎士科、総勢六十数名が参加する演習試合。進行上、上位八名が出そろうまでは予選となり、演習場の八か所で同時に試合が行われる。

その一角、指定された試合場へ足を向けた。

「お姉様っ！」

呼び止める声に振り返ると、観覧席の一角にトリシャの姿がある。こちらに向けて大きく手を振る彼女の横で、ウェスリーが苦笑を浮かべていた。

「お姉様、頑張ってください！　私、応援してます！」

小さな声で「ありがとう」と答え、手を振り返す。

再び移動を始めると、周囲が騒《ざわ》めくのを感じた。

どうやら、今のやり取りで注目を集めてしまったらしい。淑女科から――しかも悪名高いクリスティーナ・ウィンクラーが出場するという異常事態に、不審と驚きの声が上がっている。

(彼らからすれば無謀もいいところの挑戦、だものね)

「どんな裏があるのか」と疑心を抱かれるのは致し方ない。

ただ、予選に関しては、己にも勝算がないわけではなかった。どこまで通用するかは未知数だが、できれば、手の内を晒《さら》し切《き》る前に予選を突破したい。

(でないと、優勝なんて望めない。身体強化はなるべく抑えて、勝てるギリギリを見極めないと)

試合用のフィールドに入ると、刃先の潰された剣を渡される。

陛下による開会の宣言が始まった。

拝聴しつつ、頭の中では別の思考を巡らす。己が他の出場者に勝る点は一つだけ。それを上手《うま》く活かすことができれば――

「第一試合を始める！　淑女科、クリスティーナ・ウィンクラー、魔術科、ヘルミナ・ノイラート、前へ！」

開会宣言が終わり、審判である教師に名を呼ばれた。身体強化を掛け、試合フィールドに入る。

対戦相手の女生徒は、明らかに困惑していた。

身体強化を使用しているとはいえ、こちらは一見、軽装。剣を持っていても、剣術演習のない淑女科の人間では、武装しているとも言い難い。

（やりにくいでしょうね。だとしても、……だからこそ、つけ込む隙がある）

自身にあって、彼女たちにないもの。

それは、フリードたちの戦闘、辺境の戦いを目にした経験。あの命のやり取りを知るからこそ、己は相手を叩きのめすことに躊躇《ちゅうちょ》しない。

「始めっ！」

審判による開始の合図と同時、女生徒は強張った顔で右手をこちらに向ける。

「『ファイヤー』！」

放たれたのは、初歩の攻撃魔法である「ファイヤー」だった。それに、「やはり」と確信し、火の中へ突っ込む。

実戦経験のない人間が、いきなり無防備な人間相手に高位魔法を放てるわけがない。

「えっ、嘘っ⁉　なんで避けないのっ⁉」

対戦相手の慌てふためく声が聞こえる。彼女としても、いきなり攻撃を当てるつもりはなかったのだろう。

身体強化を使っても、痛いものは痛いし、怖いものは怖い。

様子見の初発を避けなかったのは、一瞬でも躊躇《ちゅうちょ》すれば届かないから。相手が本気になる前に終わらせる。

迫る火を突き抜け、剣が相手の首筋に届く。

「キャァアッ!!」

突き付けた刃は潰してあるため、怪我をすることはない。彼女がここから態勢を立て直すことも十分可能だが――

「ま、参りました！」

(……勝った)

相手が早々に降参を告げたことに安堵《あんど》する。勝ちへの執念《しゅうねん》の違いが、力押しの一勝をもぎ取った。

初めての勝利。

後は、これをどこまで積み上げることができるか。

私は観覧席に在《あ》る人の姿を振《ふ》り仰《あお》いだ。

◆　◆　◆

指先ほどの大きさの人影。それでも、己が彼女の姿を見間違うはずもない。

(クリスティーナ！　……怪我はなさそう、か？)

対戦相手が繰り出した火魔法に突っ込んでいく彼女に肝が冷えた。今、一勝を挙げて試合場から出ていく彼女の後ろ姿を、なんとも歯痒《はがゆ》い思いで見送る。

彼女の動きに不自然なところはないが、遠目では分からぬ怪我の有無が気になって仕方ない。

(やはり、もっと早くに王都入りすべきだった！　いや、陛下への謁見を辞《や》めておけば……！)

春の訪れが近づいたタールベルクでは、魔物の出現や雪解けによる災害の処理など、成すべきことが山ほどある。それを、今回は己の我儘《わがまま》で、第一の部下であるトマスを始めとする家臣に任せて領地を出てきた。

それでも、王都に着いたのが今朝。

陛下への謁見に王宮を訪れると、そのままこの場に連れてこられた。クリスティーナどころか、トリシャやウェスリーとも顔を合わせていない。

観覧席のずっと下、演習場に一番近い場所にその二人の姿を認め、歯噛《はが》みする。

(あちらなら、クリスティーナの表情まで見えたものをっ！)

未練がましく彼女の後ろ姿を目で追う。不意に、周囲からひと際大きな歓声が上がった。何事かと周囲を見回すと、隣に座るユリウス・ウィンクラーと目が合う。

「辺境伯閣下もご覧になられたか？」

「いや。どうやら見逃したらしい……」

なんのことかと首を捻《ひね》ると、クリスティーナそっくりの目元がわずかに弛《ゆる》む。

「魔術科のソフィア・アーメント嬢です。殿下の婚約者殿が勝利を決められた」

言って、将来の義兄が指し示したのは、観覧席から一番近い場所にある試合会場。そこには、見事なまでの氷柱がいくつも聳《そび》え立ち、陽光を受けて煌《きら》めいていた。

「あれは……、氷結の高位魔法か」

「ええ。氷属性の強いウィンクラーにおいても、高位魔法を使える者は限られます。それを、全属性の彼女がここまで見事に使いこなすとは。……素晴らしい！」

珍しく感情を覗かせるユリウスの言葉に、「なるほど」と首肯し、件《くだん》の少女に視線を向ける。

あれが、クリスティーナの婚約破棄の原因、殿下の新たな婚約者か――

彼女に対する複雑な思いと共に、初めて目にする姿をじっくりと観察する。試合に勝利し、こちらに――おそらく、上段にいるアレクシス殿下に向かって手を振る少女。満面の笑みを浮かべるその姿は確かに愛らしい、が……

（……ウム。やはり、我が天使のほうが格段に美しい！）

自然と比較してしまい、ハッとする。

（しまった！　女性の見目、美醜《びしゅう》を比べるなど、なんたる失態……！）

自身の教育係でもあったトマスに知られれば、完膚《かんぷ》なきまでに叩きのめされるだろう。「口には出していない」などという言い訳、あの男には通用しない。

（いや、違う、違うんだ。比べたわけではない！　その、なんと言うか、俺の天使とはまた違った意味で愛らしい、そう、可愛らしい女性だな、と……！）

この場にいもしない男に必死に弁明する。実際、試合会場を後にする少女の所作は、己の目からは、ひどく幼く見えた。

（……そうだ、うん、どちらが勝るというわけではない。ただ、俺と殿下の女性の好みが異なるというだけの話）

殿下がクリスティーナを選ばなかったのと同様、己がソフィア・アーメントを選ぶことはない。

（どう考えても、年の差がありすぎる。あの少女に女性としての魅力を感じるのは……）

そこまで考えて、ザっと血の気が引く。

（っ⁉　クリスティーナも、彼女と同じ年なのか……！）

というよりも、試合会場にいる生徒らはほとんどが同年。己から見ればまだまだ子どもの域を出ない彼らが、クリスティーナと同級なのだ。

普段は忘れている事実を強く意識させられ、胸が塞《ふさ》ぐ。

いつか、如何《いかん》ともし難い年の差に、彼女の目が覚めてしまったら――

「……それにしても、閣下には妹がご迷惑をお掛けし、誠に申し訳ありません」

突如、ユリウスが謝罪を口にした。

意識を引き戻され、一拍遅れて彼の言葉の意味を理解して戸惑《とまど》う。

逆はあれど、クリスティーナが己に迷惑を掛けたことなど一度もない。むしろ、迷惑などいくらでも掛けてもらいたいくらいだ。

戸惑《とまど》う己に、ユリウスが苦々しい表情で告げる。

「あれの、此度《こたび》の試合出場についてです。淑女科の人間ともあろう者が、立場を弁《わきま》えずに出しゃばるような真似を……」

「ああ、なるほど！」

大きく頷《うなず》いて、「いや、しかし」と続ける。

「ユリウス殿のご懸念は無用。迷惑などとは欠片《かけら》も思っておりません。まぁ、確かに、『彼女の身に万一があれば』という不安はありますし、できることなら、彼女の前に立《た》ち塞《ふさ》がる全てをこの手で叩き潰してやりたいとは思いますが……！」

そこまで正直に吐露《とろ》して、ユリウスが言葉を失っていることに気付く。慌てて、言い訳の言葉を連《つら》ねた。

「もちろん、今のは冗談、というか、ただの願望です！　思ってはいるが、実際にそんな真似はしない。どうか安心してほしい」

「……いえ、私はただ、妹の出場が閣下の名に傷をつける結果になるやもと……」

彼の言葉に、「おや？」と首を捻《ひね》る。

「ユリウス殿はご存じなかったたか？　クリスティーナが演習試合に出るのは、学園の首席卒業を目指しているからなのだが」

「それは承知しております。しかし、あれの実力では……」

「ああ！　ユリウス殿もクリスティーナの身を案じているのか。その気持ちは痛いほどよく分かる！　だが、結果云々《うんぬん》に関しては安心してくれ。私は彼女が首席卒業を目指す、その心意気だけで、身に余る光栄だと思っている！」

何故《なぜ》なら、彼女の首席卒業という目標は、己との将来のために掲《かか》げられたもの。この身に相応《ふさわ》しくあろうとする彼女が何をどうしようと――仮にそれで名が傷つくことになろうと、むしろ本望。

それに――

「ユリウス殿、心配は無用だ。クリスティーナが私の名や、まして、公爵家の名を汚すようなことは絶対にあり得ない。……彼女は、どうあがいてもウィンクラーだ」

良くも悪くも、そこから外れることはない――

己の言葉に、同じウィンクラーである男はなんとも言えぬ表情を浮かべ、フイと視線を逸《そ》らした。

◇　◇　◇

演習場右隅の試合場。三回戦の相手を無難に下し、一息をつく。

初戦同様、相手に肉薄できるギリギリを見極め、身体強化を駆使して泥臭く勝ちを拾った。そして、どうにか、予選を突破する。

残る生徒は八名。いよいよ本選――準々決勝が始まり、試合場が一つとなる。集まってきた本選出場者の中にパウルとソフィアの姿を見つけ、暗澹《あんたん》たる気分に陥《おちい》った。

(残るとは思っていたけど、せめて、二人で潰し合ってくれたら良いのに……)

彼らは、当たるとしても決勝。己が優勝するためには準決勝でパウルに、決勝でソフィアに勝たなければならない。「もしかして」と学園側の操作を疑ってしまう。

当の二人は周囲を気にする様子もなく、お互いの健闘を称え合っている。そこだけ、ひどく場違いな、緩《ゆる》んだ空気が漂《ただよ》っていた。

(随分と余裕ね……)

追い詰められている自分とのあまりの違いに、腹立たしくなる。その笑顔を崩してやりたい。

(……駄目だ。あの二人のことを考えるより先に、今は次の試合に集中しないと)

本選は陛下の足下、観覧席から一番近い場所でのみ行われる。先ほどまでより、フリードとの距離がずっと近い。見上げた先、彼と視線が合った気がした。

フリードが観ている。

意識すると、怒りや不安が消え、代わりに、熱い思いが込み上げた。

周りは敵ばかり。でも、一人じゃない。少なくとも一人、己を見ていてくれる人がいる。

(……ううん、一人じゃない。三人)

先ほど手を振ってくれた二人の姿が目に浮かぶ。ふと泣きそうな気分になるのを、「まだ駄目だ」と振り払った。

泣いても笑っても、残り三試合。

気持ちを入れ替えると同時、名を呼ばれた。指示に従い、試合場に入る。

次いで、対戦相手として呼ばれた男の名に小さく息を呑む。対戦表で把握していたが、準々決勝の相手として現れたのは魔術科の生徒、かつて己を襲おうとしたリンガール家の――

「お久しぶりです、クリスティーナ様。よもや、淑女科の生徒、しかも、公爵令嬢であらせられる貴女が演習試合に参加されようとは、思ってもみませんでしたよ」

試合開始前、挨拶《あいさつ》を交わす体《てい》で話し掛けてきた男の言葉に、無言で返す。

「……まぁ、いい機会です。貴女には一度、思い知らせたいと思っていましたから。……加減はしない。精々、足掻《あが》いてみせろ」

醜悪《しゅうあく》に嗤《わら》う男の瞳に、あの日と同じ獰猛《どうもう》な光が見える。

私は手にした剣を握り締めた。

あの日の恐怖が蘇《よみがえ》るが、同時に、もっと強い思いが湧き上がる。

「……それでは、準々決勝第一試合を始める！　両者、構え！」

主審の声に、男と相対した。正面に構える男に、遠慮や躊躇《ためら》いは見当たらない。

(今までと同じでは負ける。全力で行かないと厳しい……)

半年間、本気で鍛えたとはいえ、相手はそれ以上の研鑽《けんさん》を積み重ねてきている。修練時間では圧倒的に負ける。認めるのは癪《しゃく》だが、力の差は歴然。勝負は一瞬で決まる。

「……始めっ！」

身体強化を最大まで掛け、開始の合図と同時に跳ぶ。相手が詠唱する前に――

「っ⁉」

接近し、ガチガチに強化した右手で、開きかけた男の口を掴《つか》んだ。その目が驚きに見開かれる。

漸《よう》く事態を把握した男が暴れ始めるが、力勝負なら負けない。右手で男を掴んだまま、左手で抜いた剣を突き付けた。

「……降参しなさい」

男の目が更に見開かれ、それから、こちらを睨《にら》みつける。

抵抗を止《や》めない男はますます暴れ、殴りつけてくるが、魔力の乗っていないただの打撃など効くはずもない。

喉元に当てた剣に力を込める。

「……降参しますか?」

刃は潰してあっても、圧迫すれば痛みはあるし、気道を塞《ふさ》ぐ。呼吸が苦しくなったのか、男の顔が苦痛に歪《ゆが》んだ。

言葉を紡《つむ》げない男が、降参の意を示すため首肯しようとする。その動きを手の内に感じ、強化した腕力で男の動きを押し留めた。

「っ⁉　っ⁉」

動揺を見せる男。その目が泳ぎ、怯《おび》えた瞳と目が合う。剣先に、自然と力が籠《こ》もった。男の目に、今や、はっきりとした恐怖が映る。

理解しているだろうか、この男は——?

今、自身が味わっている恐怖。それが、あの日、己が感じた恐怖と同じであると。力及ばない相手にねじ伏せられ、無理やりに意思を奪われる恐怖がどういうものか。

じっと瞳を覗き込むと、男の身体がガクガクと震え出し、突如、弛緩《しかん》した。腰が抜けたのか、力ない身体が急激に重くなる。支えてやる道理はないため、顔から手を離し、男を放り捨てた。

「……ぁ、っ、……ハアッ！　……ぁ……」

呼吸を取り戻し、荒い息をつく男が地面にへたりこむ。その姿を見下ろし、審判である教師に視線を向けた。慌てて駆け寄ってきた教師が、男の意思を確認し、こちらの勝利を告げる。

それを確かめて、フゥと小さく息をつく。

思った以上に、頭に血が上ってしまった。

心を落ち着かせつつ、試合場を出るが、ふと気付くと、周囲から音が消えている。いくつもの突き刺さるような視線を感じた。

（……少し、やりすぎた？）

因縁《いんねん》の相手に、私怨があったことは否めない。

結果、あまり美しいとは言えない試合運びとなったが、勝利は勝利。溜飲《りゅういん》を下げたと気取られぬよう、素知らぬ顔でその場を離れようとした。

不意に、無神経な声が耳に飛び込んでくる。

「うっわぁ、エゲつなぁー。何、今の。ひっどい試合」

パウルの、周囲を憚《はばか》らぬ声が響く。

隣で、ソフィアが「駄目だよ」と彼の服の袖を引いている。一瞬だけ、こちらを向いた彼女と視線が合うが、すぐに逸《そ》らされた。

パウルが嬉々《きき》としてソフィアに話し掛ける。

「あれって身体強化だよね。クリスティーナ様って魔力だけは無駄にあるから、かなり強化されてる。速さも相当だけど、それ以上に防御かな？　カイルじゃ、あれを破るのは無理だなぁ」

うんうんと一人頷《うなず》く彼は、実に楽しげだ。

「初動がマズかったと思うんだ。カイル、全然、反応できてなかったから。あ、でも、カイルの反応速度で駄目なら、高位魔法の発動は厳しいかもね。まぁ、僕なら問題ないけど！」

無邪気に笑う彼に、ソフィアが曖昧《あいまい》な笑みで返す。

確かに、パウルなら問題ないだろう。

高位魔法は緻密《ちみつ》な術式を正確に編《あ》み上《あ》げる必要があり、その分の時間を要する。そのため、通常は前衛――近接武器を使う相手と組むことでその真価を発揮するが、高位魔法を無詠唱で連続発動できるパウルに、その時間は必要ない。

（……だけど、それはあくまで、パウルならという話。ソフィアにそこまでの力はない）

そこに付け込む隙がある。

初級魔法や中級魔法ならば、身体強化によってある程度防げる。ソフィアとの試合は、魔力と体力の持久戦になるだろう。それなら、決定的な攻撃力を持たない己にもチャンスが――

「ソフィア、何を不安になってるの？」

「……そりゃあ、私だって不安になるよ。パウル君みたいに強くないし」

俯《うつむ》くソフィアに、パウルは「何も心配することはない」と笑う。

「だって、あの人の次の対戦相手って、僕だよ？　僕があの人に負けると思う？」

自信満々の言葉に、内心で歯噛《はが》みする。

パウルはこの場にいる誰よりも魔力が多い。『蒼穹《そうきゅう》の輪舞《ロンド》』では、魔力量の多さ故《ゆえ》に周囲から畏《い》怖《ふ》され、国からも危険視されているという設定があるくらいだ。それほど、彼は強い。

だが――

「あんな戦法、っていうか、戦法とも言えない気がするけど、あんな力押しじゃ、僕にはぜぇったい勝てないよ。僕を誰だと思ってるの？　高位魔法の一つや二つ、無詠唱で発動するくらい余裕、余裕！　ソフィアはなーんにも心配することないって！」

「……うん、そうだね。ありがとう、パウル君」

礼を言うソフィアの表情は晴れない。

彼女が感じているであろう不安は、おそらく、パウルが戦闘に向かないということだ。

彼の本来の興味は、術式や魔道具の研究に向けられている。ゲームの設定でも、実際の魔術科の授業でも、彼が戦闘演習をサボりがちだというのは周知の事実で、誰も、彼の本気の戦闘を見たことがない。

果たして、今日、彼はどれだけ本気で戦うことができるか。

不安げな表情を浮かべていたソフィアが、不意に、パウルの右手を取った。その表情に何かを秘め、口を開く。

「……パウル君。私、パウル君のこと信じてるよ」

「え？　あ、うん。信じていいよ。けど、あの、ソフィア……？」

ソフィアの両手が、パウルの右手を包み込む。過度な接触に困惑したパウルが、わずかに頬を染めた。その二人の姿に、クラリと眩暈《めまい》を覚える。

「絶対、パウル君が勝つって信じてる。私も頑張るから、必ず決勝で会おう！」

身長差のほとんどない二人。それでも、上目遣いで見上げるソフィアに、パウルが嬉しそうに頷《うなず》く。その光景を——正確には全く同じものではないが——、私は知っていた。

(……そう、か。……あのイベント、第三者視点で見るとこうなるのか)

『蒼穹《そうきゅう》の輪舞《ロンド》』でパウルルートを進めると発生するイベント。ここまで切磋琢磨《せっさたくま》し合ってきた二人は、決勝での対戦を誓い合う。ストーリー通りなら、見事、その誓いは果たされるが——

(ソフィアはアレクシスとのエンドを迎えている。ゲームの舞台は終わったはず……)

このイベントがストーリー通りだとは思いたくない。ただ、今のソフィアの行動から、彼女に対する疑念が確信に近いものに変わった。

(……やっぱり、彼女も転生者？　この世界《ゲーム》の物語《ストーリー》を知っていて、それに準《なぞら》えている？)

元々、その言動から、彼女にも前世の記憶があるのではないかと疑っていた。アレクシス殿下との婚約破棄のタイミングがずれたのも、そうであれば説明がつく。

(イベントを、彼女が故意に引き起こしているとしたら……？)

そして、もし、そのイベントに強制力があるのなら、己はパウルに負ける。

「じゃあね、ソフィア！　先に行くね！　決勝戦で待ってる！」

視線の先で、パウルが満面の笑みを浮かべる。

足元が覚束ずに身体がふらつくのを、私は必死に足を踏ん張って耐えた。

準決勝――

試合場の横、鼻歌交じりに待機するパウルの隣に並ぶ。こちらに視線を向けた彼に気負う様子はない。己の姿を上から下までしげしげと眺めた彼は、「へぇ」と呟《つぶや》いた。

「クリスティーナ様のそういう恰好《かっこう》って初めて見るんだけど、全っ然、似合わないね？」

髪を一つに結い、フリードに譲られた男性服に身を包む姿。似合わないことは百も承知だが、緊張感のない男の言動に神経を逆撫《さかな》でされた。

「うっわ、怖い顔。そんなだから、ソフィアが怯《おび》えちゃうんだよ。やっぱり、クリスティーナ様は僕がここで倒しておかないと駄目だね」

そう言ってまた、パウルは不躾《ぶしつけ》な視線でこちらを観察し、小さく首を傾《かし》げる。

「魔法障壁も張らないの？　あ、張れないのか。だから、身体強化だけ？　うーん、それじゃあ、みんなが攻めあぐねるのも分かるなぁ。クリスティーナ様に怪我させちゃったら怖いもん」

「……遠慮はいらないわ。怪我だろうとなんだろうと、させられるものならどうぞ」

「えー、挑発？　なんか、泥臭いというか、似合わないことしてるね、クリスティーナ様。何がなんでも勝ってやるって感じ？　でも、ざーんねん。貴女の快進撃はここまで。決勝には行かせないよ」

そう言うと、カチリとスイッチが切り替わったかのように、パウルの顔から笑みが消える。

「だって、約束しちゃったからね。ソフィアと決勝で会おうって」

彼の瞳に灯《とも》った熱に、背筋がゾクリとした。魔力量の多い者の威圧は、それだけで他を圧倒する。

「……僕ね、初めてだったんだ。誰かに『戦おう』って言われるの。だって、僕と戦うのって怖いでしょ？　当然だよ、死んじゃうかもしれないんだから。けどさ、ソフィアは『戦おう』って、『決勝で会おう』って約束してくれた。……そんなの、何がなんでも叶えるしかないよね？」

翠《みどり》の瞳がスッと細められ、こちらを見据《みす》える。

「あのさぁ、一応、忠告だけど、クリスティーナ様、棄権しない？　僕、今日、全然、加減できないと思うんだよね」

「……しないわ」

「フーン。でも、ここで僕にボロボロにされちゃうより、棄権して三位決定戦に挑んだほうが効率的だよ？　どう考えても貴女じゃ僕に勝てないんだから、賢く立ち回ったら？　クリスティーナ様ってそこまで馬鹿じゃないでしょう？」

鼻先で笑われ、一瞬、心を見透《みす》かされたのかと思った。

確かに、効率で言えばパウルの言う通り棄権負けし、おとなしく三位決定戦に臨《のぞ》むほうが良い。ゲームシナリオの強制力の可能性を考えるなら、なおさらだ。それを全く考えなかったと言うと嘘になる。

が、既《すで》に、己の中にその選択肢はない。

観覧席、そこに座るフリードに視線を向ける。

きっと彼なら、己が棄権しようが、試合に出なかろうが、そもそも首席卒業をしなくとも、責めはしない。

けれど、その彼に、「やる前に諦めることはしない」と啖呵《たんか》を切ったのは、己自身。他の誰に誹《そし》られようと、彼にだけは誇れる結果を残したい。

こちらの視線をどう勘違いしたのか、パウルが嫌そうに眉を顰《ひそ》めた。

「もしかして、殿下を気にしてる？　殿下に振り向いてもらいたくてこんなに必死なの？　だったら、ますますソフィアと対戦させるわけにいかないんだけど。……クリスティーナ様って、意外と未練がましいね」

嘲笑《わら》われて、思わず顔が歪《ゆが》んだ。

「貴方の妄言《もうげん》に付き合うつもりはないけれど、今の言葉は取り消して。最大の侮辱《ぶじょく》よ。私が試合に出るのも、貴方に勝つのも、殿下のためではないわ」

「へぇ？　僕に勝つつもりなんだ？　クリスティーナ様って意外と馬鹿なんだね？」

「そうね。愚かになるくらいじゃないと、貴方に届きそうにもないから」

引き下がるつもりがない以上、がむしゃらにやるしかない。

今まで——前世を合わせても、誰かと本気で何かを争ったことはない。未知の恐怖とそれを凌駕《りょうが》する高揚感で、心臓が煩《うるさ》いくらいに鳴っている。

「……じゃあ、まぁ、クリスティーナ様も覚悟はできてるみたいだから、遠慮なく行くよ」

「ええ」

「死にそうになったら、ちゃんと自分で降参してよね。僕、気付かないかもしれないから。引き際は大事だよ」

不吉な言葉でこちらを脅したパウルが、クルリと身を翻《ひるがえ》す。そのまま、スタスタと試合場に入る彼の跡を追った。


準決勝第一試合。己とパウルが開始線に並ぶのを確認した主審が、声を張り上げる。

「始めっ！」

（っ⁉　危ないっ！）

試合開始と同時に飛んできた火魔法を辛《かろ》うじて避ける。

詠唱どころか、予備動作もなしに放たれた火球は、身体強化を掛けた状態でもギリギリ避けられるかどうか。パウルに接近する暇さえ与えられなかった。

「へぇ、今の、避けちゃうんだ。すごいね？　あ、でもまだ序の口だから。言ってなかったかもしれないけど、僕、高位魔法くらいなら無詠唱で発動できるんだよね」

そう得意げに告げる彼の言葉は、先ほど、ソフィアに語っていたのと同じ。『蒼穹《そうきゅう》の輪舞《ロンド》』の中でも、彼の逸話《いつわ》――優れた魔導師であるエピソードとして語られていた。

（知ってはいたけど、思っていた以上に厄介《やっかい》ね……！）

身体強化を速度に特化することでなんとか避けられるものの、無詠唱で発動される魔術はその属性を見極めるのが難しい。

動きの読めない魔法が飛んでくるのを、弾いて避けて、時に剣で切り伏せるが、それだけで手一杯。遠距離攻撃の手段を持たない以上、接近戦に持ち込むしかないが、反撃のチャンスが掴めない。膠着《こうちゃく》する状況。先に集中力を欠いたのは、高火力の魔法を連発しているパウルだった。乱れた攻撃の合間を突いて接近する。が――

「ワァッ！　あっぶないなぁ、もう……っ！」

あと一歩が届かない。

浴びせた一太刀《ひとたち》は、魔術で跳躍したパウルに軽々と避けられた。

「ああ、もう、しぶとい！　ちょこまかウザったいし！　油断したら、すぐ近づいてくるし……！」

イラつき始めた彼が、出鱈目《でたらめ》に高位魔法を連発する。

「勝ち目なんてないんだから、さっさとやられてよ！　ソフィアとの約束を邪魔するなっ！」

後先考えない魔力消費だが、彼が魔力切れを起こす気配はない。

当たればひとたまりもない魔法の一つ一つを辛《かろ》うじて避けたものの、次第に振り切れなくなる。飛んでくる火球に追い詰められる――

（っ！　しまった……！）

気付けば、周囲を土魔法の壁で囲まれている。動きを止めた一瞬に、魔力で編《あ》まれた緑の蔦《つた》が手足に絡みついた。

「アハッ、やった！　アハハハハハ！　逃げられない！　もう逃げられないよ！　これでおしまい！　約束だから、あんたにはここで消えてもらうねっ！」

哄笑《こうしょう》と共に、パウルの魔力が練《ね》り上《あ》げられていく。目視できてしまうほどの高濃度の魔力。その大きさにゾッとする。

(駄目っ！　本気でマズい……っ！)

消費しすぎた自分の魔力に当てられたのだろう。パウルが完全に制御を失っている。

手足に絡みつく蔦《つた》を引きちぎりながら、どう動くか思考する。

逃げるなら、まだ間に合う。魔力の放出前なら、射出範囲外まで跳んで、遮蔽物《しゃへいぶつ》の後ろに隠れれば良い。

だけど――

(……っ、狙ってこの位置なら馬鹿としか言いようがない！　狙ってないなら、もっと馬鹿よ！)

自分の真後ろ、パウルの射線上で大きな魔力が展開されるのを感じた。

最後の蔦《つた》を引きちぎり、一瞬だけ、背後――観覧席に視線を遣《や》る。そこに、守護の結界を展開する彼の姿を認め、安堵《あんど》した。絶対的な安心感に背中を押され、正面を見据《みす》える。

視線がぶつかったパウルが、ニッと笑う。

「バイバイ！　クリスティーナ様！」

正面、飛んでくる魔力の塊《かたまり》に身構える。属性も形もないただの魔力の塊《かたまり》。受け止めるのは、限界まで防御を高めたこの身だけ。

魔力の風圧が近づく――

「……っ!!」

衝撃と共に、身体が吹き飛ばされた。一直線に後方に弾かれ、背中から演習場の壁に叩きつけられる。

感じた痛みは一瞬、そこで、意識が途絶えた。

◆　◆　◆

「クリスティーナッ⁉」

その悲痛な叫び声は、後方から聞こえた。

魔力に吹き飛ばされ、壁に激突した妹——クリスティーナの姿を茫然《ぼうぜん》と見下ろす己の横を、巨躯《きょく》が駆け抜けていった。遅れて、それがタールベルク辺境伯——先ほどまで、陛下を結界で守護していた男だと気付くが、それでもまだ動けず、男の背を見送る。

観覧席を駆け下りた男が、演習場へ飛び降りた。崩れた壁、瓦礫《がれき》の上に横たわる妹の傍《そば》に、男が膝をつく。その手が伸び、妹の上半身を抱え起こす。細い腕が、ダラリと力なく垂れ下がった。

全身に震えが走る。

満身創痍《まんしんそうい》。ここからでも分かる惨状《さんじょう》に、現実感が湧かない。

何故《なぜ》、クリスティーナがこんなことに——？

不意に、背後から舌打ちが聞こえた。ノロノロと視線を向けると、険しい表情のアレクシス殿下が視界に映る。彼の視線は、演習場——クリスティーナに向けられていた。

「まったく、パウルの奴め、やりすぎだ……」

忌々《いまいま》しげに吐き捨てた殿下が、こちらを向く。

「クリスティーナ嬢は災難だったな。……だが、今回の件は、あくまで演習中の事故。自らの力を過信し、パウルの攻撃を避けなかった彼女の驕《おご》りも事故の一因だろう。……そう思わないか？」

「そ、れは……」

続く言葉を呑み込む。

殿下の言《げん》は、今後の処理――パウル・カルステンスの処罰を見据《みす》えてのもの。国にとって有益な魔導師を守るため、クリスティーナの怪我を「事故」として収めたいのだろう。

己に求められているのは、「ウィンクラーは処罰を望まない」という言質《げんち》。だが、どうしてもそれを口にすることができない。

（……何故《なぜ》、頷《うなず》けない？　殿下の言葉は正しい。状況を見定められなかったクリスティーナにも責はある。なのに……）

もう一度、視線を演習場に向ける。

今まさに、辺境伯に抱きかかえられたクリスティーナが運び出されようとしていた。焦燥《しょうそう》に駆られ、フラリと一歩を踏み出しかけるが――

「……お前たちは、アレを事故だと言うのか？」

段上から陛下の声で問われ、足を止める。振り返ると、感情の窺《うかが》えない国主の瞳がこちらを見据《みす》えていた。

「アレを、クリスティーナの驕《おご》りが招いたと？」

その問いに答えられずにいると、横から殿下が「いえ」と答えた。

「確かに、驕《おご》りというのは、少々、言葉がすぎたかもしれません。ですが、彼女が力量の差を見誤ったのは事実。パウルの一方的な過失とするのは……」

「そうではない」

陛下がアレクシス殿下の言葉を遮《さえぎ》る。

「アレを見てそうとしか判断できぬのであれば、お前もまだまだだな」

「っ！　『まだまだ』とは。何を以《もっ》て、私をそう判断されたのでしょうか？」

殿下の問いに、陛下は鼻先で笑って返し、立ち上がる。碧《あお》い瞳が演習場を見下ろした。

「女人《にょにん》といえど、ウィンクラーであるか。……見事だ」

満足げに告げた陛下の口元に笑みが浮かぶ。そのまま身を翻《ひるがえ》し、護衛を引き連れて観覧席を後にする彼《か》の方《かた》の背を、唖然《あぜん》と見送った。

「……ユリウス、今の陛下のお言葉、お前には分かるか？」

憮然《ぶぜん》とした殿下の問いに、首を横に振る。

知りたいのは己も同じ。

クリスティーナに対する賛辞を、同じウィンクラーである自分が理解していない。そのことに、強い焦燥《しょうそう》を感じる。

しかし、それよりも——

「……殿下、申し訳ありません。御前を失礼します」

「なにっ⁉　あ、おい、待て、ユリウス！」

引き留める声を置き去りに、駆け出した。

焦燥《しょうそう》よりも強く、この胸を支配する恐怖。それを払拭《ふっしょく》するため、一刻も早く、クリスティーナのもとへ――


駆け込んだ学園の医務室。

白い寝台に寝かされた妹の顔は青白く、生気がない。寝台の傍《かたわ》らに跪《ひざまず》く辺境伯の追い詰められた表情に、事態の深刻さを悟った。

治療に当たる医師を背後から見守る内、どうしようもない憤《いきどお》りが込み上げてくる。

（何故《なぜ》だ！　何故《なぜ》、こんな馬鹿な真似をした⁉　要《い》らぬ意地など張るから、こんなことにっ！）

元より、己は、クリスティーナが試合に出ることに反対だった。

ウィンクラーを継ぐ自分と違い、妹は戦闘魔法の訓練を積んでいない。それを、父に許されたからと押し通し、無謀な戦いを繰り返した挙句、こんな大怪我を負う羽目になるとは。

（お前は馬鹿だ、大馬鹿者だ……っ！）

己の知る妹は、もっと冷静に判断を下せる人間のはずだ。泥臭く地に転がるなどあり得ない。勝算のない戦いを鼻で笑ってやり過ごすのがクリスティーナだ。

（……なのに、何故《なぜ》）

脳裏に、パウル・カルステンスに吹き飛ばされた彼女の姿が蘇《よみがえ》る。握る拳《こぶし》に力が籠《こ》もった。

あの瞬間、己が感じたのは、紛《まぎ》れもない恐怖だった――

いまだ、愚行《ぐこう》を冒した妹を憎む気持ちはある。目の前から消えてしまえと願い、幸福になるなど許せないと恨んだ。

だが、決して、その命が失われることを願ったわけではない。

「……ユリウス殿。妹御の容態についてお話がしたい」

治療に当たっていた老年の医師の声に、下を向いていた顔を上げる。

「できる限り、手は尽くしました。後は、彼女自身の回復力に任せるしかありません」

いまだ目を覚ます気配がないクリスティーナを眺め、医師の言葉に頷《うなず》く。

「……今後の療養に関してですが、ここでは彼女を世話できる者がおりません。妹御を公爵邸に移しても構いませんか？」

「承知しました。私が連れ帰ります。……先生、クリスティーナは、妹は、どれくらいで目覚めるでしょうか？」

「……それは、なんともお答えできません」

ある程度予想していた答えに、けれど、心臓が締め付けられる。クリスティーナに視線を向けると、彼女の手を握る辺境伯の肩がわずかに震えていた。

クリスティーナの帰宅手続きのため、医師が部屋を出ていく。それを見送り、必死に頭を働かせた。

（まずは父上に報告か。邸に迎えの連絡と、クリスティーナの部屋を整えるよう指示を……）

やるべきことを列挙しつつ、クリスティーナの傍《そば》で微動だにしない男に声を掛ける。

「……閣下」

返事のない背に、再度、呼びかける。

「閣下。私はクリスティーナを邸に移す手筈《てはず》を整えてまいります。準備が整うまで、クリスティーナに付き添っていただけるでしょうか？」

今度はどうにか、「承知した」というかすれ声が返ってくる。

数刻前とは別人かと思うほど力のない声に、一拍、こちらの息が詰まる。振り返らぬ背に「感謝します」と頭を下げ、逃げるように部屋を出た。

無人の廊下。静まり返った通路を足早に進むが、意識のないクリスティーナの姿が脳裏から離れない。日頃、挑《いど》むようにこちらを見つめる碧《あお》がそこにはなかった。

（本当に、愚かな真似を……）

いまだ消えない恐怖の残滓《ざんし》を振り払うようにして、歩き続けた。

◇◇◇

――すまない。

遠く霞《かす》む意識の向こうで、優しい誰かの声がする。

――あの時、貴女の前に立たなかった自分を、俺は一生、許せない。

心惹《こころひ》かれるその声が辛《つら》そうで苦しそうで、なんとかしたいのに、なかなか思うように目が開かない。

――俺は貴女を侮《あなど》っていた。貴女の強さを見誤っていたんだ。

そう告げた声が今にも泣き出しそうで、動かない口を必死に動かす。

(泣かないで、……フリード様)

そう、この声はフリードのものだ。世界で一番、大切な人の声。

襲ってくる吐き気に耐え、手放したくなる意識を必死に保つ。右手に感じる温《ぬく》もりをギュッと握り締めたつもりが、ほとんど力が入らなかった。

「……クリスティーナ?」

フリードに名を呼ばれ、右手を強く握り返された。重い瞼《まぶた》ををなんとか持ち上げる。

「っ! クリスティーナッ!?」

「……フリード様」

かすれ声が出た。

フリードが、己の右手を額《ひたい》に押し付け、神への感謝を捧《ささ》げる。次いで、切羽《せっぱ》詰まった彼の顔が目の前に迫った。

「無理だ、もう耐えられん! 結婚してくれ、クリスティーナ! 今すぐに!」

「……?」

どうやら、覚醒《かくせい》したばかりで、上手《うま》く言葉が聞き取れなかったらしい。

目の前の顔をぼんやり眺めていると、鬼気迫《ききせま》る表情が消え、代わりに、悲しげに眉尻が下がった。

「意識がまだはっきりしないのだな。……覚えているだろうか？　貴女は演習試合で倒れたんだ」

その言葉に、徐々に思考が回り出す。言われた出来事を思い出し、小さく頷《うなず》いて返すと、フリードがホッとしたように息をついた。

「怪我は回復魔法で完治している。だが、貴女は三日も意識を失ったままだった」

(三日……)

知らぬ内に経過していた時間の長さに驚く。

フリードが再びこちらの手を握り締め、額にギュッと押し当てた。

「俺に、貴女を護《まも》る権利を。もう二度と、貴女をこんな目に遭《あ》わせたくない」

「フリード様……」

「……いや、違う、そうじゃない。本当は、俺が二度とこんな思いをしたくないだけなんだ。結婚してほしい、今すぐにでも。貴女を失えば、俺は生きていけない」

懇願《こんがん》する彼の声に、胸が熱くなる。

「……ごめんなさい。すごく、心配を掛けてしまったんですね」

「謝らないでくれ。貴女が謝ることなど何もない。全ての責は俺にある。……すまなかった」

彼の言葉に、首を横に振る。

「それこそ、フリード様にはなんの責もありません……」

「いや、俺のせいだ」

言って、フリードは深く嘆息する。

「俺はクリスティーナを侮《あなど》っていたんだ。貴女があそこまでするとは思っていなかった。あんな、身を挺《てい》してまで……」

潤《うる》んだ碧《あお》の瞳にじっと見つめられる。

「あの時、俺は『貴女なら避けられる』と判断した。同時に『自分ならば陛下を守れる』と。……その結果、貴女の護《まも》りを怠《おこた》ってしまった」

「そ、んな、それは違います。フリード様は正しい判断をされました。私が避けなかったのは、フリード様を信頼しなかったからではなく……」

「分かっている。いや、今なら分かるというほうが正しいか。……貴女もまた、護《まも》りたかったのだな」

フリードの手が伸びてきて、顔に掛かる髪を優しくすくった。

「クリスティーナ、貴女は正しくウィンクラーだ。貴女を見誤った俺をどうか許してほしい。……貴女の勇気に、敬意を」

ジワリと胸に喜びが広がっていく。自然と口角が上がり、目頭が熱くなった。

「ありがとうございます。……ですが、フリード様、私があのような無茶ができたのは、フリード様がいてくださったからです」

「俺が……?」

「はい。貴方がいてくれたから、何も怖くなかった。たとえこの身が抗い切れなくても、フリード様がなんとかしてくださる。そう思えばこそ、全力を出し切ることができました」

言ってから、内心で苦く笑う。

（全てを出し切って、それでも負けてしまったけれど……）

髪に触れていたフリードの指先が、頬に伸びてくる。

「俺はどうすれば良いのだろうな……」

「フリード様……？」

「貴女を俺だけのものにしたい。傍《そば》に置き、全ての脅威から遠ざけ、傷一つ付けることなく護《まも》り抜《ぬ》きたい。……だが、俺の愛するクリスティーナ・ウィンクラーという女性はそれを望まない」

泣きそうな顔で笑うフリードに手を伸ばそうとしたが、腕が重くて持ち上がらない。歯痒《はがゆ》い思いで彼を見つめる。

どう返すべきか迷い沈黙する空間に、扉をノックする音が割って入った。

顔を向けると、ノックに続いて扉を開けたユリウスと視線が合う。その目が大きく見開かれた。

「……目が、覚めたのか」

ユリウスの視線が、己の頬に触れたままのフリードに向けられる。眉間《みけん》にわずかな皺《しわ》が寄った。

「……辺境伯閣下。クリスティーナが目覚めたならば、直《ただ》ちに教えていただきたいとお伝えしていたはずですが？」

「あ、ああ、そうだったな。すまない、失念していた」

フリードの答えにますます眉間《みけん》の皺《しわ》を深くしたユリウスが、部屋へ入ってくる。

寝台の横で立ち止まり、こちらを見下ろした。

「……気分はどうだ。身体におかしなところは？」

「疲労感はありますが、痛みはありません。身体を動かすのは難しいですが、意識はかなりはっきりしてきました」

「……そうか」

それきり黙ったユリウスの次の言葉を待つ。何かを言いあぐねている様子の彼に、見かねたのか、フリードが口を挟んだ。

「ユリウス殿、礼を言いたい。貴公が許してくれたおかげで、この三日、クリスティーナを見舞うことができた」

「いえ、それは……」

「彼女の傍《そば》にいられなければ、私は正気でいられなかった。本当に感謝している」

頭を下げたフリードに、ユリウスは居心地悪そうに「お気になさらず」と返す。

その目が再びこちらを向き、不機嫌そうに細められた。

「……何故《なぜ》、あのような無茶をした？」

「無茶、ですか……？」

「そうだ。パウル・カルステンスは明らかに暴走していた。お前の力でどうなるものではない。教師にでも任せておけば良かったのだ。何を意地を張って、あんな愚かな真似を」

苦り切った顔でそう言われ、少し意外に思う。

（ユリウスがこんな表情《かお》をするなんて……）

もっと淡々と叱責《しっせき》されるか、激しく罵倒《ばとう》されるかだろうと思っていた。

予想外の反応に、なんと答えるべきか逡巡《しゅんじゅん》し、結局、あの時の考えをそのまま口にする。

「止められるかどうかはさておき、彼の攻撃を避けるわけにはまいりませんでした」

「だから、何故《なぜ》……っ！」

「パウルの魔力の矛先《ほこさき》、射線上に陛下がいらっしゃったからです」

そう告げると、ユリウスが焦《じ》れたように叫ぶ。

「馬鹿なっ！　陛下には護衛の騎士がついていた！　辺境伯閣下がお傍《そば》に控えているのも分かっていただろう⁉　魔力が向かったところで、陛下が傷一つ負うことはなかった！」

（確かにその通り。だけど……）

己にも色々と言い分はある。そう言いたかったが、すぐに口にできなかったのは、ユリウスが怒っているからだ。

（どうして？　何をそんなに怒ることがあるの……？）

彼の怒りのポイントが分からない。

先ほどから彼が口にしているのは、「私が無茶をした」という一点だけ。「家の名を貶《おとし》めた」、「家に迷惑を掛けた」と叱責《しっせき》されるなら分かるが、ユリウスはそれを一切、口にしない。

（これじゃあ、怒っているというより、むしろ……）

「まったく、どれほど己の力を過信していたのか知らんが、それで命を落としかけるなど、あり得ん。馬鹿げている。……お前でなくとも良かったのだ」

吐き捨てるように言うユリウスに、「お言葉ですが」と返す。

「命を賭《と》すほどの危険を冒したつもりはありません。……こんな有様《ありさま》ではあまり説得力はありませんが、これでも、死なずに済む自信はありました」

ユリウスの片眉が「何を言っている」と言わんばかりに持ち上がる。

「……あの場には校医の先生がいらっしゃった。回復魔法がすぐに受けられる状況なら、最悪、呼吸さえ止まらねばなんとかなると思っておりました」

「……それは、なんとかなるとは言わん」

「あら、そうですか？　でしたら、見解の相違ですね」

ユリウスの口から深いため息が零れる。

「……お前の行動は理解できん」

疲れの滲《にじ》む声。いつもの怜悧《れいり》さを欠いたユリウスの姿に、「もしかして」と思う。

（……本当に、私を心配している？）

先ほどから彼の言動に見え隠れする感情に思い至り、面映《おもは》ゆくなる。

「……パウルのあの魔力は、決して、演習場から出してはならないものでした」

誤魔化《ごまか》すように、ユリウスが理解できないと言う己の行動について、彼に説く。

「魔力が陛下に向かった時点で、それは陛下への攻撃と見なされます。たとえ、故意でなかろうと、陛下の御身が無事であろうと、パウルに厳罰が科されるのは避けられなかった」

それは、試合で公爵令嬢に怪我を負わせる過失とは比にならない。最悪、極刑もあり得ただろう。

「ですから、演習場の内で、試合の中で、私が止めるしかなかった」

それならばまだ、試合の一環、そう、言い張ることができる。

「……パウル・カルステンスのためだったというのか？」

「いいえ。正確には、パウルのためではありません」

兄の言葉に首を横に振る。

「彼はこの国に必要な魔導師です。将来、魔術の歴史を大きく変えるほどの才を持っている。彼を失うわけにはいきません」

己が護《まも》りたかったのはこの国の未来。フリードの横でずっと笑っていられる世界だ。

己の言葉に、ユリウスが沈黙する。今の彼——兄ならば、こちらの思いも少しは伝わっただろうか？

婚約破棄騒動以来、初めて、ユリウスが己の言葉に耳を傾けている。その眉間《みけん》に、深い皺《しわ》が刻まれていようとも——

「……パウル・カルステンスにそれほどの価値があるとは思えん。だが、あの男の処遇に関して、お前の希望を通すことはできる」

「私の希望、ですか？」

「そうだ。あの男への処罰はお前の回復を待ってからと、現段階では保留されている。……さっさと処分してしまえばいいものを」

物騒な兄の言葉に、「そうならなくて良かった」と思う。ただ、「私の回復を待って」とはどういうことか。

「もしや、私の死を以《もっ》て罪の重さを計る予定だった、ということでしょうか？」

「っ⁉　違う！　誰がお前の死を待つような真似を……！」

ユリウスがギョッとしたように目を見開き、声を荒らげた。「では、どういうことか」と目線で問うも、フイと顔を逸《そ》らされる。

「……陛下が此度《こたび》の件を学園内の事故としてお認めになった。パウル・カルステンスの処罰は、学園長裁可で決まる」

そう言って、兄はこちらを向いた。

「学園長は被害者であるウィンクラーの要求を最大限呑むと仰《おお》せだ。父上はお前に一任する、と。……私も、今回に関してはお前の意思を認める」

「……なるほど」

それはまた破格な処置だと、安堵《あんど》と共に心が浮き立つ。

おそらく、陛下の思惑《おもわく》は自身と同じ。処分を学園に委《ゆだ》ねることで、パウルという稀有《けう》の魔導師を失うことを避ける狙いだ。

だが、父と兄が己にウィンクラーとしての判断を許したのはまた別の話。そこに、――一度は失ったはずの確かな信頼を感じて、自然、口元が緩《ゆる》む。

「お兄様、パウルは今どこに？」

「学園内に幽閉されている。学園長直々《じきじき》の監視下だ」

「あら。それでは、すぐにでも学園に向かわねばなりませんね」

果たして自力で動けるだろうかと思案していると、兄が柳眉《りゅうび》を逆立てた。

「何を馬鹿なことを⁉　お前は今、目覚めたばかりではないか！　身を起こすことさえままならぬ状態で、一体、何ができると⁉」

「……ですがこれ以上、処分を保留にするのは得策ではありません。パウルも不安を感じているでしょう」

「お前を殺しかけた男に慈悲をくれてやるつもりかっ⁉」

何が兄をそこまで怒らせるのか。激昂《げっこう》したユリウスに「いいえ」と答える。

「慈悲ではありません。ですが、パウルほどの魔導師を不安にさせて良いことなど一つもありませんから。彼がまた魔力を暴走させでもしたら厄介《やっかい》です」

「だが……っ！」

己が目覚めた以上、早急に処分を下してしまうのが賢明だ。それは、ユリウスも分かっているはず。

前髪をクシャリとかき上げた兄が、ハァとため息をつく。

「……分かった。学園には、お前が目覚めたと連絡を入れる」

そう言って、ギロリとこちらを睨《にら》んだ。

「連絡は入れるが、場が整うまでに時間が掛かる。……それまで、もうしばらく安静にしていろ」

「……はい」

今度は分かりやすく身を案じる言葉だったので、こちらも素直に返す。

一瞬、言葉に詰まった兄が、再び口を開く。探るような眼差《まなざ》しを向けられた。

「学園での話し合いには、おそらく、王家の見届け人としてアレクシス殿下が来られる……」

なるほど、それを憂慮していたのかと頷《うなず》いて、「承知しました」と答えたものの、兄の探るような眼差《まなざ》しは消えない。

(そういえば、殿下に直接お会いするのは、あの日以来なのか……)

学園の食堂で醜態《しゅうたい》を演じたあの日から、もうすぐ一年。目まぐるしい毎日に、振り返る暇などまったくなかった。

そんな日々が、もうすぐ終わりを迎える。

身体が傷ついたせいで、心も弱っているのだろう。感傷的な気分に襲われている内に、兄がベッドから離れ、扉へ向かった。

その背をぼんやりと見送っていると、扉に手を掛ける直前で兄がこちらを振り返る。

「……私に、『後がない』というのはどういう意味だ?」

「え……?」

「……以前、お前が口にしただろう。私に、『足元をすくわれるな』と」

言われて、「ああ」と思い出す。確かに、以前、そんなことを口にした。

しかし、何故《なぜ》、今になってそれを尋ねようと思ったのか。

兄の顔をちゃんと見たくて、疲弊《ひへい》した身体を起こそうともがく。上半身を起こすだけで四苦八苦する己の背に、大きな手が添えられた。

「……無理をするな」

「ありがとうございます、フリード様」

助けてくれた手の持ち主に笑みを向け、それから、兄を振り向いた。

「お兄様にどこまで自覚があるか分かりませんが、私が婚約を破棄された時点で、お父様は私とお兄様に、一度『落第』を付けられています」

「な、にを馬鹿なことを。何故《なぜ》、お前でなく、私までが……！」

愕然《がくぜん》とする兄に、事実を突き付ける。

「当然ではありませんか。私と殿下の婚約はウィンクラー家と王家の契約。私が殿下のご不興を買ったのが失態なら、お兄様が私の愚行を止められなかったのもまた失態」

「しかし、私は……！」

「ええ、確かに。殿下に協力し、私の悪事を白日のもとに晒《さら》したことで、王家への忠義は果たされたと思います。ですから、辛《かろ》うじて首の皮一枚繋がった、というところでしょうか？」

ユリウスがハッとしたように息を呑んだ。

「それでも、本来、お兄様が成すべきは、証拠集めではなく、私の悪事を止める、もしくは、なかったことにすることでした」

「私に尻拭《しりぬぐ》いをしろと言うのかっ！　そもそも、お前が……っ！」

「仰《おっしゃ》る通《とお》り、全ての元凶は私です。ですから、お父様は私を切り捨てるおつもりだった。ですが、それでお兄様の失態がなかったことにはなりません」

漸《ようや》く自覚に至ったのか、ユリウスの瞳が驚愕《きょうがく》と不安に揺れている。

「だが……、だが、父上は何も。……私の責を問うようなことは、一切、口にされなかった」

必死に自分を納得させようとする兄の言葉に、「それはそうでしょう」と返す。

「お父様は、私たちだけでなく、ご自分にも厳しい方ですから。婚約破棄を避けられなかった、そうなるまで気付かなかったご自身にも、責があるとお考えなのでしょう」

だから、ユリウスが父から咎《とが》めを受けることはなかった――

理解したのか、ユリウスの身体がフラリと揺れる。茫然《ぼうぜん》としたまま、兄は扉を開いて出ていった。

一言も発することなく扉の向こうに消えていく後ろ姿を見送り、一息つく。背中に添えられた手が、ゆっくりと身体を横たえてくれた。

「ありがとうございます、フリード様……」

「いや。……しばらく眠るといい。貴女には休息が必要だ」

労《ねぎら》いの言葉に「はい」と答え、目を閉じる。途端、疲労から来る睡魔に襲われた。

瞼《まぶた》の裏で、先ほど、兄が見せた表情がグルグルと回る。

それから、フリードの優しい眼差《まなざ》し、魔力の発光に包まれたパウルの姿も。あの時、光の中の彼はどんな顔をしていただろうか。

抗いようのない睡魔に、意識が遠ざかっていく――

◆　◆　◆

学園の地下室。暗闇の中で、膝を抱えて蹲《うずくま》る。両手には魔力封じのための魔法具。身じろぐ度に、両手を繋ぐ鎖がチャリと音を立てて揺れた。

（……なんで、なんでこんなことになっちゃったんだろう……）

その疑問に答えを返してくれる人はいない。

ずっと、ずっと考えているけれど、自分自身、答えが見つからなかった。それでも、何かを考えていないと耐えられない。

「……っ！」

不意に脳裏に蘇《よみがえ》った光景に、きつく目を閉じる。

目を閉じても開いても、あの人の姿が見える。自分が放った魔力の塊《かたまり》に吹き飛ばされ、壊れた人形みたいに転がる肢体《したい》――

（ごめんなさい……っ！）

あんなことをするつもりはなかった。

今さら、そんなの言い訳にもならないと分かるけれど、本当に、あそこまでするつもりはなかったのだ。

怪我くらいはさせるだろうと思っていたし、「死にそうになったら」と脅しもした。でも、「死ぬ」なんて口先だけ。本気で誰かを殺そうなんて、一度も思ったことがない。

なのに――

（っ！　ごめんなさい、ごめんなさい、ごめんなさい……っ！）

目に焼き付いて離れない、意識のないクリスティーナに謝り続ける。学園長から、彼女が死んでいないと聞かされているけれど、それで安心なんてできるわけがない。

（……だって、あんなの、生きてるほうがおかしいよっ！）

自分の力は自分が一番理解している。人一人くらい、簡単に殺せてしまえる力。

だけど、それを理性で縛ることも簡単だった。簡単だと思っていた。

なのに、まさか、自分が力を暴走させてしまうなんて。そんなの、考えたこともなかった。

（怖い……。なんで、僕、あんなこと……）

自分が何をしたか、途中まではちゃんと覚えている。

クリスティーナの身体強化が思った以上に優秀で、攻撃が全然当たらないことにイラついた。

自分は、絶対に決勝に進まなければならない。絶対にクリスティーナに勝たなければならない。

ソフィアとの約束に心が囚われ、次第に冷静じゃなくなっていった。ただ、目的のために邪魔な存在を排除しようとしか考えていなくて――

（嫌だっ、怖い……っ！）

怖い、怖い、怖い――

あっさりと理性を手放して、魔力を暴走させてしまう自分が怖い。ヒトを、躊躇《ためら》いなく殺そうとした自分が信じられなかった。

荒くなる呼吸の中で、必死に祈る。

(お願い、クリスティーナ様、死なないで……！)

魔力を受けたのが彼女じゃなければ、相手はとっくに死んでいた。そうしたら、今頃、自分は人殺し。覚悟もなく犯した罪に怯《おび》えるしかなかっただろう。

だけど、彼女はまだ生きている。まだ、彼女に償《つぐな》う機会は残されている。

祈りを捧《ささ》げる中、暗闇に薄《うっす》らと光が差し込んだ。

「……パウル君」

名前を呼ばれて、顔を上げた。現れた学園長の姿に、期待と不安でいっぱいになる。

「……学園長先生、クリスティーナ様は？」

扉の外からの逆光で、学園長の顔は見えない。

いつも優しく笑ってくれていた先生は、ここ三日、一度も笑みを見せておらず、ただ淡々と、事務的な連絡を告げるだけだった。

壊れそうなほどに鳴る心臓で、先生の言葉をじっと待つ。

「……クリスティーナ君が目を覚ましたそうだよ」

「っ!?　ほん、とう？　……良かっ、……良かったっ！」

安堵《あんど》に、身体中の力が抜ける。

涙が溢《あふ》れそうになったけれど、必死で押し込めた。

今まで、散々泣いた。怖くて、苦しくて、寂しくて。そんな資格はないって思っても、涙が止められなかった。

でも、今は駄目だ。彼女が目覚めた今、やらなきゃならないことがある。

「学園長先生。クリスティーナ様に会わせてください！」

言って、立ち上がる。一瞬、足がふらついたが、なんとか学園長のもとへ近づいた。

「僕、あの人に謝らないと。謝らせてください！」

「……謝罪して許される罪ではあるまい？」

「分かってます。どんな罰だって受けるし、許してもらえなくてもいいんです。でも、お願い！　罰を受ける前に、クリスティーナ様に会わせて！　一度でいいから！」

必死になって、学園長に縋《すが》る。

「クリスティーナ様の顔が見たい。ちゃんと元気な顔を見て、生きてるって確かめたい……！」

何も言わずに見下ろす学園長に「お願い」と繰り返す。

「僕、すごく後悔してるんだ。もう、絶対、あんなことしないって誓う。他の誰かじゃなくて、クリスティーナ様に誓わせてよ！」

黙ったまま、学園長が身体を一歩後ろに引いた。扉の外に、灯りに照らされた階段が見える。

「……君の処罰、罪を償《つぐな》う方法を話し合うために、クリスティーナ君が学園に来ている」

「動けるの⁉　身体はもう大丈夫なの⁉」

「それは、君自身の目で確かめなさい」

促《うなが》されるようにして、地下室の外へ足を踏み出す。

狭い階段の下で後ろを振り返ると、学園長がこちらをじっと見下ろしていた。思っていたよりもずっと穏やかな、でも、どこか辛《つら》そうな表情で。

「……君の処罰はクリスティーナ君が決める。私はそれに異を唱えるつもりはないよ。君はそれだけのことをしたからね」

「さぁ、行きなさい」と促《うなが》され、階段を上がる。

こんなことになるまで、学園に地下室があるなんて知らなかった。研究棟の地下にあった小部屋を出て、学園の中心、学園長の執務室へ向かう。

辿り着いた部屋の扉を前に緊張が高まった。

馴染《なじ》みのない感覚。それが、吐き気を感じるほどに高まり、動けなくなる。それでも、否応なく、部屋の扉は開かれた。

(……いた)

それほど広くない室内。見回さなくても、すぐに彼女を見つけた。

開いた扉の正面、隣の男に守られるようにして、長椅子に座るクリスティーナがこちらを見ている。背筋を伸ばし、凛《りん》とした表情。強さを感じさせる眼差《まなざ》しは、あの日の彼女の姿からは遠い。

(ああ、だけど……)

感じる魔力がひどく弱々しい。今にも消えてしまいそうなほど——

(ごめんなさいっ！　本当に、ごめんなさい……っ！)

まだ癒《い》えていない身体で、それでも、この場に来てくれた彼女に謝りたい。なのに、「ごめんなさい」のたった一言が、口から出てこない。

何も言えないまま、その場に立ち尽くした。

◇　◇　◇

学園長に連れられたパウルの姿に、内心でギョッとする。

げっそりとした頬に、泣《な》き腫《は》らしたのだろう赤く腫《は》れた目。隈《くま》もでき、髪はボサボサで、全体的に薄汚れた印象がある。

そして何より、両手首に嵌《は》められた魔封じは犯罪者に使われるもの。

まさか、「幽閉」とは犯罪者と同じ扱いだったのかと焦《あせ》る。学園での隔離、学園長が監視しているとの言葉から、謹慎か軟禁程度の扱いだと思っていたのだが――

「パウル君！　大丈夫っ!?」

突然の叫び声に、思考を中断される。

どうやら、パウルの有様《ありさま》に驚いたのは己だけではなかったらしい。アレクシス殿下の隣に座っていたソフィアが立ち上がり、パウルの傍《そば》へ駆け寄った。

何故《なぜ》、彼女がこの場にいるのか――？

問《と》い質《ただ》したいが、藪蛇《やぶへび》を避けるため、沈黙する。チラリと、自身の隣に座る人物を窺《うかが》った。

「クリスティーナ？　どうした、気分が悪いか？　無理する必要はない。すぐにでも退出を願おう」

「あ、いえ、大丈夫、問題ありません……」

視線を送っただけで、過保護な反応が返ってくる。

どうしてもと言う彼の頼みにより、フリードには同席してもらっている。

とはいえ、結局、その言葉に甘えてしまったのは自分。一人では移動もままならない体調のせいもあるが、それ以上に、彼が隣にいてくれる安心感を求めてしまった。

ユリウスも、父の代わりに立ち会ってくれているが、「判断は任せる」と部屋の隅で静観の構えを見せている。私の世話は、全てフリードに任せるつもりらしい。

（この年で兄に甘える姿なんて見せられないから、助かるけれど……）

実際、腰に回されたフリードの腕がなければ、身体を支えることさえ難しい。

ただ、密着した自分たちが傍目《はため》にどう見えるかは、今は考えないことにしている。

「……パウル君、こちらに来なさい」

学園長の呼びかけに「はい」と答えたパウルが扉の前を離れ、部屋の中央に立たされる。それを心配そうに見守っていたソフィアも、殿下に呼ばれて彼の隣へ戻った。

パウルと対面するように配置された長椅子。学園長が彼の執務机に着く。

一人ポツンと立ち尽くすパウルの姿に、「そういえば」と思い出した。

（彼の両親は既《すで》に鬼籍。学園では学園長の庇護下《ひごか》にあっても、身元引受は賢者の塔、のはず……）

魔導師のための研究施設である賢者の塔は、国から独立した機関であるため、滅多なことでは政治に関与しない。

だが、今回のように――少なくとも、表向きは個人間の問題に、後見人さえ寄越さないとは。軽く不信を覚える。

（法的に既《すで》に成人といっても、パウルの中身はまだまだ子どもでしょう……？）

じっと彼の姿を観察していると、翠《みどり》の瞳と目が合った。が、彼はすぐに顔を逸《そ》らし、俯《うつむ》いてしまう。何かに耐えるように必死に唇を引き結ぶ横顔が、なおさら彼の幼さを際立たせていた。

「……クリスティーナ君」

名を呼ばれ、学園長に視線を向ける。

「意識が戻ったばかりだと聞いているが、体調は問題ないのかね？」

「はい、おかげさまで」

聞かれた問いに、笑って嘘をつく。実際は座っているだけで精一杯だが、殿下やソフィアの前で弱さは見せたくない。

こちらの答えに一つ頷《うなず》いた学園長が、「では」と皆を見渡す。

「早速だが、演習試合における重大事故について、パウル・カルステンスの処遇を決めたいと思う」

穏やかな声音。視線を落としたパウルは微動だにせず聞いている。

「学園としては、彼の処遇に関して、クリスティーナ君およびウィンクラー家に裁断を一任したいと考えている」

既《すで》に知らされていた内容だが、知らなかったらしいソフィアが「そんな」と悲鳴を上げる。アレクシス殿下も憤慨《ふんがい》した様子で立ち上がった。

「学園長、さすがにそれはパウルに酷だろうっ⁉　本人も納得しまい！」

皆の視線がパウルに向かう。話を聞いているのかいないのか。当のパウルは相変わらず、固い表情で俯《うつむ》いている。

「……パウル、貴方はどう思っているの？　このまま、私が貴方の処遇を決めていいの？」

問いかけに、漸《ようや》くパウルが反応する。

こちらに顔を向けた彼は悲愴《ひそう》な表情で、潤《うる》んだ瞳は隠しようもない。それでも、彼は静かにゆっくりと頷《うなず》いた。

「僕は、学園長先生の、……クリスティーナ様の決定に従うよ」

そう言って、彼は再び視線を落とす。伏せられた横顔に、「そう」と返した。

ならば――黙って受け入れると言うのなら、容赦《ようしゃ》はしない。望み得る限り、己にとって最も都合の良い選択を取らせてもらう。

「では、パウルに『従属の縛り』を望みます」

途端、部屋の中が水を打ったような静けさに包まれる。皆が厳しい顔をする中、耳障《みみざわ》りな声が響いた。

「どうして、そんなひどいことが言えるんですかっ⁉」

立ち上がり、涙を浮かべたソフィアがこちらを睨《にら》む。

「従属なんてあんまりです！　人の自由を魔術で縛るなんて、最低！　ひどすぎるっ！」

激昂《げっこう》し、ハラハラと涙を流す彼女は美しい。

けれど、それだけだった。

こちらが従属の縛りを望む理由も、その結果を考えようともしない。ただ、「パウルが可哀そう」という感情で動く彼女が、ひどく疎《うと》ましい。

「……ソフィア、落ち着くんだ」

立ち上がったアレクシス殿下が、ソフィアの薄い肩を抱き寄せる。

「残念だが、認めるしかない。パウルはそれだけの罪を犯した。責を逃《のが》れることはできない」

「でも、だけど、もっと他にあるはずでしょう？　従属の縛りは、人の魂《たましい》まで壊しちゃうんだよ？　そんなひどい魔術をパウル君に掛けるなんて……！」

彼女の、燃えるような瞳がこちらを射貫《いぬ》く。

（……まぁ、確かに。従属の縛りは禁術。忌《い》むべき奴隷制度の置《お》き土産《みやげ》ではあるけれど）

必ずしも、人の魂《たましい》を壊すものではない。重要なのは、従属の縛りの行使者《こうししゃ》が対象の何を縛るかだ。

基本、行使者によって定められたルール――例えば、「魔力の暴走を禁じる」などを、対象が破ることはできない。もし、無意識に刷り込まれた縛りを破れば、その時、初めて、対象の魂《たましい》が破壊される。

つまり、非人道的手段だろうと、パウルの魔力暴走を防ぐ手段としては申し分ないと言える。

「お願い、アレクシス！　クリスティーナさんを止めて。パウル君を助けてあげて！」

ソフィアが殿下に縋《すが》りつく。悲痛な声に、しかし、殿下が「諾」と答えることはない。苦しげな表情で、ただ彼女を慰《なぐさ》めている。

（……殿下もそこまで馬鹿ではない、ということね）

提案したのが己とはいえ、従属の縛りは王家にとっても悪くない選択。パウルという希代《きたい》の魔導師を失うことなく、彼の力に制御を掛けられるのだ。

強すぎる力は脅威にもなり得るため、パウルの力が適度に削《そ》がれるのは王家としても望むところだろう。

ソフィアがどれだけ騒ごうと、殿下が従属の縛りに異を唱えることはない。

だから、これは茶番だ――

「殿下、お忘れかもしれませんが、パウルの処遇は私に一任されております。殿下の命であろうと、私は自分の判断を覆《くつがえ》すつもりはありません」

「……分かっている」

そう吐き捨てた殿下に、彼に肩を抱かれたままのソフィアが震える。「信じられない」という目で見つめる彼女に、アレクシス殿下がそっと目を伏せた。

「……ソフィア様も。そもそも何故《なぜ》、貴女がこの場にいらっしゃるのですか？　いらっしゃるだけなら構いませんが、審議の邪魔をするのであれば、退出していただけませんか？」

こちらは体力の限界。今すぐにでも帰宅したいところを、なんの権利があって、それを阻《はば》むのか。

「わ、私はパウル君のことが心配で、傍《そば》にいてあげたかったんです！　お願いです、クリスティーナさん。パウル君にひどいことしないで！」

「ひどい、ですか？　では、パウルが魔力暴走で私を殺しかけたことはひどくないと？　彼を、このまま無罪放免にしろということですか？」

「そ、それは違います。無罪にしろなんて言ってません。でも、何も従属の縛りなんて使わなくても、もっと別の方法が……」

「その方法とやらで、今後のパウルの魔力暴走を抑えることはできますか？」

腹案があるなら一考はするつもりで尋ねてみたが、言葉に詰まったソフィアは答えない。

悔しげに下を向いた彼女を確認して、学園長に視線を向ける。学園長は穏やかな表情のまま、首肯した。

「それでは、パウルへの処罰は従属の縛りとしよう。……クリスティー君、縛りの行使者に希望はあるかね？」

「ありません。……ああ、ですが、パウルに希望があれば、そちらを優先してください」

「え……」

パウルが驚きも露わにこちらを見つめる。その驚きに、なんとも複雑な気分になる。

まさか、行使者の希望も許さないほど、血も涙もない人間だと思われているのだろうか――？

己とて――従属の縛りを提案したとはいえ、パウルを奴隷扱いしたいわけではない。従属で魔力暴走を防ごうとしているが、そもそも、暴走するような事態を生まないに越したことはない。

彼の心の安定を一番に考え、行使者には心許せる相手を選ぶのが最善だろう。

「……いないの？　行使者に指名したい相手。それくらいの融通は利かせるつもりよ？」

こちらの問いかけに答えようとして、言葉にならなかったらしいパウルが唇を噛《か》む。

泣くのを我慢しているのか、その唇がふるふると震えている。哀れを誘う姿に、けれど、処罰は
処罰だと、学園長に向かい合う。

「では、行使者は私が指名させていただきます。行使者にはウルブル学園長、貴方が最も相応《ふさわ》しい
かと……」

学園長の顔に驚きが浮かぶ。

「私か。……クリスティーナ君は本当にそれで良いのかね？」

「はい。是非《ぜひ》とも、お願いいたします」

学園長はパウルの庇護者《ひごしゃ》であり、良識ある人間だ。学園の長として、社会的立場もある。魔術の
素養に優れた彼ならば、従属の縛りの発動に苦労することもないだろう。

「フム。ならば、承知した。行使は私が担《にな》うとしよう。……次いで、縛りの項目についてだが、パ
ウルに与える縛りはなんとするかね？」

「『魔力暴走の禁止』のみで問題ないかと。パウルの安定を脅《おびや》かす必要はないでしょう」

縛りの数が多くなればなるほど、パウルの魂《たましい》への負荷も大きくなる。負荷が掛かりすぎて、彼
の魂《たましい》を疲弊《ひへい》させることは避けたい。暴走はしなくても、彼が廃人になってしまう可能性はある。

そう考えての提案に、学園長は再び「承知した」と答えた。漸《ようや》く、審議の終わりが見えてきて、

どっと疲れが押し寄せる。

「……私の要求は以上です。行使に関する詳細は、ウルブル学園長の判断にお任せいたします。後日、結果をお知らせください」

「フム。では、今、提示された条件で今後の処理を進めよう」

その言葉に礼を言い、立ち上がる。当然のように支えてくれる手に助けられながら、学園長に辞去の挨拶《あいさつ》を述べた。

ふらつく身体を誤魔化《ごまか》しつつ、早々に部屋を退出しようとしたのだが――

「待って、クリスティーナ様！」

呼び止めたのはパウルの声だった。両手を枷《かせ》に囚われたまま、その瞳で必死に何かを訴える。

「……私に、まだ何か？」

言いたいことがあるのなら早くしろと、不機嫌に答える。ふらつくまいと両足に力を入れるが、長くは持ちそうにない。気を抜けば、あっという間に床に転がってしまう。

「お、お願いします！　僕に、従属の縛りを掛けてください！　僕は、クリスティーナ様に掛けてほしい！」

虚を衝《つ》かれ、身体がふらつく。その身体を、フリードが抱き留めてくれた。

「お願いできる立場じゃないって分かってます！　でも、僕、他に償《つぐな》う方法が分からなくて！」

そこまで言って、耐え切れなかったのか、パウルの目から涙が溢《あふ》れ出《だ》す。

「ごめん、ごめんなさい！　ひどいことして、本当にごめんなさい！　許してくれなくていい。けど、お願い、償《つぐな》わせて！　なんでもするから、だから、お願い、僕に従属を掛けてくださいっ！」

涙で顔をグチャグチャにしながら、子どもみたいに泣《な》き縋《すが》って。その涙を拭うこともせずに、真っすぐにこちらを見つめる翠《みどり》の瞳。

忘れられないシーンがある――

『蒼穹《そうきゅう》の輪舞《ロンド》』、パウルとのエンディング。卒業後、賢者の塔に入った彼が、そこでの研究の成果を携《たずさ》えてヒロインに会いに来るラストシーン。今より少し大人びた彼が「やっと会えた」と、瞳を輝かせ、満面の笑みを浮かべる――

一つ、ため息をついてから、パウルの願いに答えた。

「私は行使者にならないわ」

「そんな、どうして駄目なのっ⁉　僕、どんな命令だって聞くよ！　暴走だって二度としない！」

「……学園長、後はよろしくお願いします」

パウルの懇願《こんがん》を聞かぬ振りで、後の始末を学園長に押し付ける。

パウルを視界の外にやり、兄が開いてくれた扉から部屋を出た。背後で扉が閉まった瞬間、意地で立っていた力が尽きる。

「……よく、頑張ったな」

膝から崩れ落ちそうになったが、支えてくれていた手に抱き上げられた。

抗うこともできず横抱きにされ、目の前の瞳を仰《あお》ぎ見《み》る。恥ずかしいと思う余裕すらなく、世界中で一番安心できる場所で、彼の香りに包まれた。

◆　◆　◆

——……行ってしまった。

何もできないまま、あの人が消えていった扉を眺める。

何が起きたのか分からない。

だって、あんなにあっさり断られるなんて、思いもしなかった。だけど、もしかしたら、また扉が開いて、あの人が戻ってきてくれるんじゃないかって——

「パウル君、大丈夫⁉　ごめん、ごめんね。私、パウル君を守れなかった……！」

袖を引かれて振り返る。ポロポロと綺麗な涙を流して謝るソフィアに、首を横に振る。

「……ソフィアが謝ることなんてないよ。悪いのは、僕だから」

「パウル君だって悪くないよ！　魔力が暴走しちゃったのは、パウル君のせいじゃないでしょう⁉　そんなの、誰にだって起こるんだから！」

「……うん」

ソフィアの優しい言葉に頷《うなず》いたけど、本当は違うって分かってる。

僕と「他の誰か」じゃ、引き起こされる結果が違う。今回は運良く、誰も死ななかっただけ。

（……それも違うか。運、なんて、そんな不確かなものじゃない）

クリスティーナだから死ななかった。

それが分かるから、あの人には謝って、それから「ありがとう」って、「死なないでくれてありがとう」って、本当は感謝しなきゃいけないくらいなのに――

「クリスティーナさんはひどい！　大怪我して怒るのは分かるけど、いくらなんでも従属の縛りなんてあり得ない！」

「……それくらい悪いこと、僕がしちゃったんだ」

「そんなことない！　パウル君は一生懸命謝って、こんなに反省してるじゃない。なのに、クリスティーナさん、全然、許してくれなかったし、パウル君を無視して……っ！」

ソフィアの言葉が胸に突き刺さる。許してもらえないのは仕方ない。だけど、償《つぐな》いの手段まで拒絶されたのが苦しい。

「従属の縛りは一生消えないんだよ？　どんな理由があろうと、人の意思を奪うなんて許されないのに。パウル君のこと、一体、なんだと思ってるんだろう！」

自分のために、ソフィアが本気で怒ってくれている。だけど今は、それが全然嬉しくなかった。ただただ心苦しいだけの言葉に、自分が情けなくなる。

だって、あの時、あの人に従属の縛りを求められた時、僕はホッとしてしまった――

これで、自分の力が誰かを傷つけることはない。縛りによる不自由よりも、自分自身が信用ならないという恐怖から解放されることを喜んでしまった。

（……ごめんなさい、ごめんなさいっ！）

これは罰なのに。喜んじゃいけないのに。僕はちゃんと罪を償《つぐな》わなくちゃいけないのに――

「……学園長、お願いします、僕にもう少しだけ時間をください。僕、もう一度、クリスティーナ様にお願いしてきますっ！」

学園長に向かって頭を下げる。

僕はまだ処分途中の身。自由は許されない。だけどそんな僕に、学園長は「行ってきなさい」と頷《うなず》いてくれた。

もう一度、学園長に頭を下げて部屋を飛び出す。ソフィアに呼ばれた気がしたけれど、今は振り返れない。

(急がないと……！)

ここで会えなければ、もう機会は巡ってこない。

彼女の微《かす》かな魔力を追って、必死に走る。

学園の正面玄関前、今まさに、ガタイの良い男に抱えられて馬車に乗り込もうとするその人を見つけ、声を張り上げた。

「待って、クリスティーナ様！」

男の腕の中で、彼女がこちらを向く。動きを止めた彼らに走り寄ると、湖氷《こひょう》のような澄んだ瞳で見下ろされた。

「我儘《わがまま》言ってごめんなさい！　だけど、どうしても、従属の行使者は貴女がいいんだ！」

迷惑がられているのは分かる。でも、他に償《つぐな》う方法が見つからない。従属の縛りなら、彼女の望みをなんでも叶えられる。それこそ、一生を懸けて償《つぐな》うつもりだ。

だから――

「……行使者にはならない、なれないわ」

再びの拒絶に胸が軋《きし》む。その痛みを押し殺して、頭を下げた。

「お願いします。僕、絶対に、クリスティーナ様の役に立ってみせます。いくらでも縛りを掛けてください。迷惑は掛けません」

必死で連《つら》ねた言葉に、頭上からため息が聞こえた。

「……あの場でちゃんと言わなかった私が悪かったわ。パウル、私は北の辺境に嫁《とつ》ぐ身なの」

「え……？」

「仮に私が従属を掛けても、辺境と王都では距離がありすぎて魔術が安定しないわ。それだと、貴方も不安になるでしょう？」

言われた言葉に、思考がグルグル巡《めぐ》る。

「だから、行使者は貴方の傍《そば》にいる人、少なくとも、この王都にいる人がいいわ」

「それって……」

(それって、僕のため……？)

魔力が暴走しないように、従属の縛りに魂《たましい》が疲弊《ひへい》しないように。傍《そば》にいる人間を選べと言うなら、それは僕のためで、僕を拒絶しているわけではなくて、だったら――

「僕も辺境に行く！」

「……え？」

「北の辺境でしょう？　魔物討伐の最前線だよね。僕、絶対に役に立ってみせる。魔物だってバンバン倒してみせるよ！」

感情の見えない彼女の瞳がこちらを見つめる。その瞳に訴えた。

「ねぇ、お願い！　絶対、絶対、戦力になってみせるから！　お願い、僕も連れてって！」

拒否されることが怖くて、形振《なりふ》り構わずにまくし立てると、彼女がまたため息をついた。

「魔物相手の戦闘は、決して綺麗なものではないわ」

「うん。知って……」

「ドロドロのグチャグチャ。魔物の血飛沫《ちしぶき》に濡《ぬ》れ、肉塊に足を取られ、臓腑《ぞうふ》にまみれて転がるの」

想像した凄惨《せいさん》な光景に顔が引きつる。一瞬、怯《ひる》みかけた。

「……大丈夫、できる。頑張れるよ」

男の腕の中からじっと見下ろしてくる視線を受け止める。

覚悟を示すため、目は逸《そ》らさない。

だけど――

「……やっぱり、駄目ね」

「どうしてっ⁉」

悲鳴みたいな声が出た。彼女が淡々と首を横に振る。

「だって、パウル、貴方、戦闘よりも魔術研究のほうが好きでしょう？」

「そ、それは、確かにそうだけど。でも、ちゃんと戦えるよ！　戦力になれるよ！」

「要《い》らないわ」

突き放す言葉に、足元が覚束なくなる。

そのまま一歩、後退した足がもつれて尻餅《しりもち》をつく。感情の見えない碧《あお》が、とても遠くに、手の届かないところにあるように思えた。

「……辺境に、貴方の戦力は要《い》らない」

繰り返された拒絶に泣きそうになって、下を向く。

ここで泣くのは最悪だ。

でも、もう、どうすればいいか分からない。自分のことなのに、この先、どうやって立ち上がってどうやって歩いていけばいいのか、それさえも分からなくなる。

「だけど、そうね……」

呟《つぶや》くような彼女の言葉に顔を上げる。見上げた先、遠くの碧《あお》がふっと柔らかく瞬《またた》いた気がした。

「この国に、貴方の頭脳は必要よ」

「……え？」

「王都《ここ》で頑張りなさい、パウル。……私も、貴方の魔術研究に期待しているわ」

告げられた言葉の意味が、一瞬、分からなくて固まる。だけど、すぐに理解したその意味に、胸の奥から熱いものが込み上げた。

言葉が出てこなくて、必死に何度も頷《うなず》く。

彼女は満足したように一つ頷《うなず》いて、「それじゃあ」と馬車に乗り込んだ。

走り出した馬車が見えなくなるまで見送って、漸《ようや》く、彼女に伝えたかった言葉が音になる。

「……僕、頑張るよ」

「またね」とは言ってもらえなかったけど、いつか、胸を張って貴女の前に立てるようになりたい。

そしたら、こちらから会いに行こう。

見ていてくれなくてもいい。声が届かなくてもいい。

だけど、これから、ここから、僕は――

第三章　学園生活の終わりと共に

「……ハァ」

王宮の中庭で、一人、しゃがみ込む。零れたため息を拾ってくれる人はいない。

以前なら、こういうタイミングで現れていたユリウスさえ、最近は姿を現さなくなった。

（……別に、ユリウスに会いたいわけじゃないから、いいんだけど）

だけどなんだか、自分が一人取り残されているような気がして、不安になる。

（学園もいづらくなっちゃったし……）

演習試合が終わってから、学園――特に魔術科の雰囲気が変わった。

あれだけクリスティーナを毛嫌いしていたクラスメイトの一部が、彼女とパウルの試合に感銘を受けたらしく、彼女の身体強化を称賛するようになったのだ。

全員が全員というわけではない。けれど、今までゼロだった声が聞こえるようになると、それはとても目立つ。特に、防御力の強化は、パウルの魔力がとんでもないものだっただけに、魔術科の生徒たちに絶賛されていた。

「真似できない」、「どうやってあそこまでの強化を可能にしているのか」という議論で白熱する場面を何度も見たし、実際、意見を求められたこともある。

（そんなの、私に求められても困る……）

当事者であるパウルが休学しているため、騒ぎはなかなか収まりそうになく、毎日が憂鬱《ゆううつ》だった。

それは、パウルの休学は従属の縛りが完了していないためで、その罰についても、自分はまだ納得がいっていない。

（人を従属させるって、よくそんなことが思いつけるよね）

燻《くすぶ》り続《つづ》ける怒り。ずっと、ずっと、思い出す度、腹が立って仕方ない。

人の自由を奪うだけでなく、廃人にする可能性すらある魔術。禁術にされているのはそれだけの理由があるからで、それを平気で使おうとするクリスティーナが信じられなかった。

（人を玩具みたいに扱って、パウル君が可哀相って思わないの……？）

友達を守れなかった不甲斐《ふがい》なさに落ち込みそうになるが、なんとか気持ちを立て直す。

一番辛《つら》いのはパウルだ。彼が帰ってきた時に、私が支えにならなければ。そう気持ちを入れ替えて立ち上がる。

王宮に与えられた自室に戻ろうとした時、遠くから名前を呼ばれた。

「ソフィア！」

振り返ると、仕事で忙しいはずのアレクシスの姿が見えた。優しい――自惚《うぬぼ》れでなければ、自分だけに向けられる笑みを浮かべて、こちらへ駆け寄ってくる。

（どうしよう、すごく嬉しい……！）

今日、アレクシスとの約束はなかった。思いがけず会えた大好きな人の姿に、胸が締め付けられる。

「ソフィア、こんなところにいたのか。お前が来ていると聞いて、捜した」

「捜してくれたの？　ごめんなさい、ちょっと休憩のつもりで……」

「いや、謝るな。……少し時間が空《あ》いたからな。休憩がてら、俺がお前に会いたかっただけだ」

彼の言葉に、もっと胸が苦しくなる。

嬉しい、嬉しい、嬉しい――！

大好きな人が、忙しい合間に自分を気に掛けてくれる。彼に会えただけで、落ち込んでいた気分が吹き飛んだ。顔が自然に笑ってしまう。

アレクシスに片手を取られた。

「笑えるようで良かった。……お前が落ち込んでいるんじゃないかと思ったんだ。パウルのこと、力になれず、すまない」

「ううん、ううん、全然！　全然、アレクシスは悪くないよ！」

「しかし……」

辛《つら》そうにするアレクシスの言葉を、必死に否定する。

「あれは、あの場はどうしようもなかったって分かってる！　もちろん悔しかったし、納得はできないけど、でも、アレクシスのせいじゃないよ！」

「ソフィア……！」

手をギュっと握り締められる。

（……アレクシスもパウルを助けられなかったことに苦しんでるんだ）

なのに自分のことよりも、私のことを心配してくれるなんて——

「ありがとう、アレクシス」

「……俺はお前に感謝してもらえるようなことは何もできていないはずだが？」

「ううん、そんなことない。いっぱい感謝してる。……私、アレクシスを好きになって良かった。貴方の婚約者になれて、すごく嬉しい！」

言った途端、握られた手を強く引き寄せられる。倒れ込むようにして、アレクシスの腕の中に捕らわれた。

「……俺もだ。俺も、お前と出会えて良かった……」

「……うん」

二人きりの空間。

抱き締め合って、笑い合って、ささくれ立った思いが全部浄化されていく。

「……名残惜《なごりお》しいが、そろそろ執務に戻らなければならない」

腕の拘束が解かれ、アレクシスが困った顔で見下ろしてくる。

「まだ、離れがたい、な。……ソフィア、お前の時間が許すなら、執務室まで一緒に来るか？」

その誘いに一も二もなく頷《うなず》いた。

執務室まで並んで歩きながら、アレクシスが「そう言えば」とこちらに顔を向ける。

「今日は学園に行く日ではなかったのか？　王宮にいるということは、妃教育で何か問題でもあったか？」

「え？　ううん、違うの！　……その、学園のほうはもう授業も終わっちゃってすることがないから、それなら、王宮で勉強してたほうがいいかなって思って」

「なるほどな。……だが、いいのか？」

アレクシスの言葉に、首を傾《かし》げる。「いい」とは、何がいいのだろうか？

「ソフィアは首席卒業だろう？　答辞はもう書き終えたのか？」

「あ！」

「……その反応は、完全に忘れていたな？」

「ち、がわない。ああ、どうしよう……。私、エンブラント語だけは全然自信がないのに」

今から間に合うか焦《あせ》る私に、アレクシスが呆《あき》れたようなため息をつく。でも、次の瞬間にはフッと笑って――

「……来い。一緒に考えてやる」

「え？　でも、アレクシスはお仕事が……」

「答辞程度、仕事の片手間にこなせる。それに、草稿を考えるのはソフィア、お前だぞ？　俺は助言をするだけだ」

優しくも厳しいアレクシスの言葉に、思わずウッと詰まったけれど、小さく「頑張る」と答えた。

「ああ、頑張れ」

クシャリと頭を撫《な》でていった掌《てのひら》の温かさが嬉しくて、また、顔が笑う。

この人と一緒にいられるなら、私はなんだって頑張れる。そう思えた。

久しぶりの学園。放課後の廊下は、卒業間近なこともあり、生徒の姿は疎《まば》らだった。

廊下の先に目的の人物を見つけて駆け寄ろうとしたが、彼が一人でないことに気付く。

（何か、揉《も》めてる？）

目的の人物——ボルツ先生の隣に、クリスティーナが立っている。

彼女が何かを押し付けようとして、それを先生が煩《わずら》わしそうに振り払った。彼は困ったような、怒ったような顔をしている。

「……ボルツ先生！」

何かを考える前に、彼の名を呼んだ。

先生を助けたくて、二人に駆け寄る。こちらに気付いてホッとした表情を浮かべた彼に、こちらも笑って応えた。

「先生、捜しました！　良かった、見つかって！」

「捜してた？　俺をか？」

「はい、そうです！　私、先生に用事があって……」

言いながら、彼の隣に立つクリスティーナに視線を向ける。

彼女が先生に何を言って困らせていたのかは分からない。けれど、それはきっと無茶な要求なのだろう。冷たく見下ろす碧《あお》い瞳を真っすぐに見つめる。

「ごめんなさい、クリスティーナさん。お話の邪魔、しちゃいましたか？」

「いえ……」

「邪魔なんてなってねぇよ。気にすんな。んで？　ソフィアの用ってのはなんだ？」

ボルツ先生の言葉に、彼を見てから、もう一度、クリスティーナを向く。

「あの、先に私の用を済ませてもいいですか？　すぐに済むので……」

「……構いません」

そう返した彼女の目の前で、手にした書類をボルツ先生に見せる。

「先生に、添削してもらいたいんです」

「添削？」

不思議そうにする先生に「はい」と答えて、クリスティーナに牽制《けんせい》の視線を向けた。

ずっと彼女に腹が立っていた。その無表情を崩したい。ボルツ先生のためにも、彼女をここから追い払いたかった。

「卒業式の答辞を考えてきました。ボルツ先生、確認をお願いできますか？」

「え……？」

クリスティーナが息を呑むのが分かった。

（……首席卒業にずっとこだわってたもんね。それが叶わなくて、これからどうするんだろう？）

予想していた反応とはいえ、少しだけ罪悪感が湧く。

だけど、自分だってずっと努力してきたのだ。アレクシスの王太子という立場に相応《ふさわ》しくなれるよう、嫌なことにもずっと耐えてきた。だから、これは私の正当な権利だ。

そう胸を張ってボルツ先生に向き直ると、彼の表情が硬いことに気付く。

「……先生？」

受け取ろうとしない彼に、手にしたものについて補足する。

「自信はないんですが、私なりの言葉で書いてみました。エンブラント語の細かい表現なんかはボルツ先生に見てもらったほうがいいと思って持ってきたんですけど……」

話をする内、先生の顔色がどんどん悪くなる。一抹《いちまつ》の不安を抱き、「大丈夫か」と尋ねようとしたところで、クリスティーナが「ソフィア様」と割って入った。

「何故《なぜ》、貴女が答辞をお考えに？」

「え？」

「ああ、いいえ、もちろん、ご自身がその役目を担《にな》われた、首席卒業だと思われたから書かれたのでしょうが。……ソフィア様は何を以《もっ》てご自身が首席だと判断されたのですか？」

「判断？　……だって、演習試合の優勝者は私ですよ？」

意味の分からない問いが不快で、自然と声が刺々《とげとげ》しくなる。

「確かに、定期考査ではクリスティーナさんに負けちゃいましたけど、それは僅差《きんさ》です。演習試合の結果を合わせた総合得点では、私が勝っています」

「……なるほど」

目を伏せたクリスティーナは何か思案する素振りを見せて、それからまた顔を上げた。

「それはどなたか、ボルツ先生にでも確認されなかったのですか？　ご自分が首席かどうか、お確かめには？」

「……どうして、そんなことをする必要があるの？」

態々《わざわざ》、「自分が一番ですか」と尋ねるなんて、自意識過剰もいいところ。周囲から見れば、「自慢しているのか」としか思われない。

そんな真似はしないと答えると、クリスティーナはボルツ先生に顔を向けた。

「先生はソフィア様に何もお伝えしていないのですか？」

その問いに、先生は何も答えない。ただ、こちらの視線を避けるように顔を伏せる彼の様子が気になった。

クリスティーナの口から、「ハァ」と大きなため息が零れる。

「ソフィア様。お話を伺って、貴女が思い違いをなされた理由は分かりました」

「思い違い？　私が何を間違ってるって言うんですか？」

感情の読めない瞳を睨《にら》み返《かえ》してそう言うが、正体の分からない不安が付きまとう。何故《なぜ》だろう。

彼女の答えを知りたくなかった。

だけど、彼女はこちらの気持ちなどお構いなしに、淡々と告げる。

「今年度の首席卒業は貴女ではありません。私です」

「え？」

（……一体、何を言ってるの？）

そんなはずはない。彼女が首席だなんて、絶対にあり得ない。そう思うのに――

「嘘よ、そんなの、絶対に嘘！」

クリスティーナを糾弾する声が震えた。

彼女の言葉を否定する材料を必死に探す。

（定期考査で負けたのは確か。でも、点差は三十点程度だったはず……！）

演習試合で優勝した私と四位入賞の彼女なら、その差は十分に埋まるはず。

「演習試合の最終結果をソフィア様はご存じですか？」

「もちろん、知って……！」

言いかけて気付く。

定期考査と違い、演習試合に成績発表はない。試合終了後に上位三名の表彰はあるけれど、今回は、パウルの暴走で取りやめとなった。

「まさか……」

「パウルは三位入賞を辞退しています」

彼女の言葉に息を呑む。

「『魔力暴走を起こした自分にその資格はない』と……。繰り上げで、私が三位入賞となりました」

「そんな、なんで……っ!?」

あり得ない事態に混乱する。

ゲームの演習試合で約束イベントが発生しなければ、手を抜いたパウルは三位に終わる。イベントが発生すると、自分が優勝でパウルが準優勝となるため、今回は意図的にイベントを起こした。

クリスティーナの決勝進出を防ぎ、彼女が三位決定戦に挑むこともなかったため安心していたが、まさか、こんな結果になるなんて。

(……アレクシスエンド後にイベントを起こしたから、ストーリーが変わってしまった？)

だとしたら、パウルの魔力が暴走したのも、それが原因だろうかと考えて、すぐに、その考えを振り払う。

もしそうだとしても、魔力暴走は誰にでも起こり得ること。彼個人の責任ではない。

(……追い詰められてたのなら、相談くらいしてくれたって良いのに)

辞退する前に相談してくれていたら、きっとパウルを引き留められた。

彼の独りよがりな行動が招いた結果に、故意ではないと分かっていても、割り切れない思いでいっぱいになる。

悔しい気持ちを押し殺し、「だけど」と思考を巡らす。

「……クリスティーナさん、やっぱり、貴女の言っていることはおかしいと思います」

「おかしい、ですか？」

「ええ。だって、いくら繰り上がったと言っても、三位と優勝の点差は大きい。定期考査の三十点差を、埋められないはずがないんです」

言い切ると、目の前の彼女は少しだけ表情を崩した。困り顔で、「実は」と口にする。

「私の答案に、採点の誤りがありました。既《すで》に訂正されており、点数を集計し直した結果、私が首席だった、ということです」

何を言っているんだろう、この人は。

「この件に関しては、ボルツ先生か学園長先生にご確認いただければと思います」

(……嘘だ。そんなの、信じられない)

信じたくない。あり得ない。

だって、そんな都合のいい話、あるわけない――

彼女の言葉を否定してほしくて、ボルツ先生を見つめる。

だけど、「そんなわけあるか」と怒ってくれるはずの彼は、さっきからずっと、こちらを見ようとしない。

いつもの先生と違うその態度が、クリスティーナの言葉が真実なのだと告げていた。

思わず、二人から一歩、距離を取る。

(……いやだ。そんなのいや。だって、そんな……)

首席は自分だと、疑いもなく信じていた。クラスのみんなやアレクシスだってそう思っていたはず。だから、私は――

「……っ!」

羞恥《しゅうち》で、顔が熱くなる。全身の血が沸騰《ふっとう》した気がした。

(だって、だって、私、さっき……!)

人目のある場所で、「答辞を書いてきた」と、そう発言した。人気《ひとけ》は疎《まば》らだったとはいえ、ゼロではない。私の声が聞こえていた人もいるだろう。

しかも、クリスティーナには態《わざ》と見せつけた。答辞を書くのは自分だと。彼女の望んでいた首席卒業を目の前で奪ってやるつもりで――

「っ！　納得できません……っ！」

指先が熱くて、手が震えている。羞恥《しゅうち》に叫び出したくなる気持ちを、別の言葉にして吐き出した。

「だって、こんなのおかしいじゃないですか⁉　採点が間違ってるなんて、そんなの今さら！」

「今さらと言うか、見つかったのは前期考査の話で、その時点で訂正は済んでいます。それを公表しなかったのは……、まぁ、態々《わざわざ》するほどのことでもないかと」

軽く言い放つクリスティーナに怒りが増す。そんな怪しい話、誰が信じるというのか。

なのに、彼女の言葉を否定すべきボルツ先生は何も言わない。その態度に、漸《よう》く、「そういうことか」と理解する。

気付いた事実に、絶望と信じられないくらいの怒りが込み上げた。

ボルツ先生が嫌っているはずのクリスティーナと一緒にいたのは、先ほどからずっとこちらを見ないのは――

「ボルツ先生！　先生がクリスティーナさんに協力したんですねっ⁉」

「なっ⁉　協力って、まさか俺が……」

ボルツ先生がやっと顔を上げてこちらを向いた。その目が驚愕《きょうがく》に見開かれている。だけどやっぱり後ろめたさがあるようで、その瞳は揺れていた。

「採点が間違ってたなんて信じられません！　本当なんだとしたら、すぐに公表されていたはずです！」

「そ、れは……」

「先生はっ……、ボルツ先生だけは、不正なんてしないと思ってたのに！　どうしてクリスティーナさんの味方なんて！　お金ですか⁉　公爵家の権力ですか⁉」

「違う！　ソフィア、違うんだ。俺は……！」

言い訳しようとする先生に、涙が勝手に込み上げてくる。

(信じてたのに！　先生のこと、ずっと頼りにしてたのに……！)

味方の少ない中、絶対的な安心感を与えてくれた人。信じていた分、裏切られた悲しみで胸がいっぱいになる。

「……ひどい」

堪《こら》え切《き》れなかった涙が零れ落ちた。

◇　◇　◇

学園の廊下で立ち尽くす男女。動かぬ二人の間で、零れそうになるため息を呑み込む。

(……コレは、どうすればいいの……？)

真っ赤な目でボロボロと涙を流すソフィアはオズワルドを睨《にら》んでいるし、睨《にら》まれているオズワルドは真っ青な顔で固まっている。

膠着《こうちゃく》した状況に、仕方なく声を掛けた。

「ソフィア様は何か誤解をされているようです。ボルツ先生、彼女の誤解を解かれたほうが良いのではありませんか？」

掛けた声に、オズワルドは反応を見せない。なおも固まったままの彼に代わり、ソフィアに告げる。

「採点の訂正は公正なものです。ボルツ先生をお疑いなら、学園長に確かめられてはいかがですか？」

「……学園長も不正に加担しているんですか？」

ボソリと呟《つぶや》かれたソフィアの言葉に呆《あき》れて、ハッと息をつく。

「さすがに、そのお疑いは難しいのでは？　学園長先生が私に肩入れする理由がありません」

先ほど彼女が口にした金や権力で学園長は動かない。それくらいは理解しているだろうと視線を向けると、ソフィアは悔しげに唇を噛《か》んだ。どうにも、己の言葉は受け入れ難いらしい。

「ボルツ先生、先生からも説明してください。私の言葉だけでは、ソフィア様も納得が……」

「うるせぇっ！」

突然の怒声に、己だけでなくソフィアもビクリと身を震わせた。

それに気付いたオズワルドが、「すまん」と彼女に謝る。

「……それは、なんに対する謝罪ですか？」

震える声で、それでも、しっかりとオズワルドを見つめて問うソフィアに、彼が怯《ひる》んだ。何度か言葉を躊躇《ためら》った後、漸《ようや》く口を開く。

「……すまない。俺がもっと早くに伝えるべきだった。答辞についても、採点についても……」

「どうして、教えてくれなかったんですか？　採点はともかく、答辞については……」

ソフィアは無関係ではなかった。演習試合で優勝し、「首席だろう」と見越されていたのだから。その可能性が潰《つい》えた時点で伝えなかったのは、確かに、オズワルドの手落ちに思える。

「……正直、伝《つた》え辛《づら》かったんだ。だから、ここ最近、お前が登校しないのを言い訳にして先延ばしにしていた」

言い訳にもならない言い訳に、ソフィアが俯《うつむ》く。

「……じゃあ先生は、クリスティーナさんが言ったこと、全部、本当だって言うんですね？　パウル君の辞退の話も、考査の点数が間違っていたっていうのも」

「ああ。……ただ、パウルが辞退せずとも、入賞は取り消されていたはずだ。魔力を暴走させた者の入賞は認められないという意見が、学園側からも出ていた」

「そんな……」

フラリとよろめいたソフィアに、オズワルドが苦しそうな顔をする。

「それから、前期考査の採点も……。あれは完全に俺の落ち度だ。迷惑を掛けてすまない。謝って許されるものではないが……」

そう言いつつ、オズワルドは頭を下げる。その真摯《しんし》な態度に、ソフィアの瞳が揺れた。

「……先生。私はボルツ先生を信じてもいいんですか？」

「ああ、信じてほしい。お前に謝らなきゃならないことはたくさんある。だが、この女に肩入れするような真似はしていない！　それだけは絶対に……！」

言い切ったオズワルドに、強張っていたソフィアの表情がわずかに解ける。

「じゃあ、誓ってくれますか？」

「何を？　誰に誓えばいい？」

「不正はなかったと。定期考査に関して、先生は何も悪いことはしていないと誓えますか？」

「ああ、誓う！　神にだろうとなんにだろうと！」

力強く頷《うなず》くオズワルドに、ソフィアの口元に微《かす》かな笑みが浮かんだ。

「神様ではなく私に。宣誓魔術で誓ってください」

「っ！」

ソフィアの言葉に、オズワルドが絶句する。その横で、彼女の口にした「宣誓魔術」という単語に引っ掛かりを覚えた。

（よく、そんな古いものを……。ゲームのエンディングで、オズワルドがヒロインに『変わらぬ愛』を誓うために使っていた魔術、よね）

かつて、婚姻の儀で使われていたという宣誓魔術は自縄自縛《じじょうじばく》の術。他者による強制力はなく、本人の強い意思がなければそもそも発動せず、そのために廃《すた》れたとも言われている。

（確かに、嘘はつけないし、誠意を示すにはいいんだろうけど……）

今、それをここで持ち出すのは得策ではないだろう。証拠に、青ざめた顔のオズワルドは、彼女の言葉に「諾」と答えられないでいる。彼のその様子に、ソフィアの顔から笑みが消えた。

「……やっぱり、嘘なんですね？」

「嘘じゃない！　そうじゃないんだ！　ただ、俺は……」

彼が誓えないのは仕方ない。誓う内容が「不正はなかった」では、彼は誓えないのだから。実際、彼は不正を働き、己を陥《おとしい》れようとした。清廉潔白でない自覚のある男に、それを求めるのは酷というもの。

（もっと、『ソフィアを裏切っていない』とか、曖昧《あいまい》なものにしておけばいいのに……）

「正しい行い」を信じるソフィアに、その考えはないらしい。

彼女がオズワルドからフイと顔を逸《そ》らした。

「……もし嘘じゃないんだとしても。私はもう先生を信じられません」

言って踵《きびす》を返す彼女の腕を、オズワルドが掴《つか》む。

「待て！　違う、本当に違うんだ！　俺はずっとお前の味方だ！　俺はお前を……！」

そこで言葉を切った彼を、ソフィアがじっと見つめる。見つめられた男の顔は必死で恋情を訴えているが、それが言葉になることはない。

ソフィアがオズワルドの手を振り払う。

「私、学園にはもう来ません。……卒業式は出ないといけないんでしょうけど」

「頼む、ソフィア！　俺の話を……！」

「さようなら、先生。……先生は教師として最低です」

言うだけ言って走り去ったソフィアに、オズワルドは茫然《ぼうぜん》と立ち尽くす。そのまま見送るのかと思ったが、次の瞬間、弾かれたように駆け出した。

声を掛ける暇もなく置き去りにされ、手にした紙――自身の書いた答辞の草稿を見下ろす。

「どうしよう、コレ……」

本番前に内容の確認と許可をもらうはずが、肝心の教師に逃げられてしまった。

（……だったら、後はもう、私の好きにしていいってことよね？）

そういうことならば、もう一度、最初から草稿を練《ね》り直《なお》してもいいかもしれない。

折角のチャンスは生かさなければと思うと、自然、口角が上がった。


卒業式典当日――

学《まな》び舎《や》での三年間の生活を終えるこの日。会場である学園の講堂には、卒業生、在校生の生徒のみならず、卒業生の親族や来賓が集《つど》う。

厳《おごそ》かながらも華やかな空気の中、己の名が呼ばれた。

「……答辞。淑女科、クリスティーナ・ウィンクラー」

風魔法による音声拡張。呼ばれた名に「はい」と答え、立ち上がる。会場に騒《ざわ》めきが走った。

驚き、不審、それから敵意。「何故《なぜ》、お前が？」と聞こえぬ声が聞こえてくる気がする。

演壇に上がるため、壁際に並ぶ先生方の前を通り抜ける。その中にオズワルドの姿を認め、軽く心が揺れた。

（ちょっと、……大丈夫なの？）

生気を失った男は、辛《かろ》うじて体裁《ていさい》を保つギリギリの風貌《ふうぼう》で立ち尽くしている。その虚《うつ》ろな視線の先には、彼の受け持ちクラス。

誰を見ているかなど確かめるまでもないが、これは――

（瀕死《ひんし》ね。誤解は解けなかったってことか……）

生ける屍《しかばね》と化した彼は、結局、己の書いた草稿に目を通していない。

一応、あの後に、もう一度持ち込んではみたのだが、無言で突き返されてしまった。傷口に塩を塗《ぬ》る行為だった自覚はある。しかし、こちらとて、彼並みにエンブラント語に明るい教師が他にいれば、そんなことはせずに済んだのだ。

一度も教師の検閲を受けていない文章を手に、演壇の階段を上る。演台に立ち、講堂の中を見回した。

二階席の中央には主賓である陛下の姿。その隣にアレクシス殿下が座るのは、卒業生にソフィアがいるからだろう。彼らに向かって頭を下げ、視線を横にずらす。

中央よりやや右寄りの席に、その人はいた。

式典と、この後に行われる祝賀会のために駆けつけてくれた彼――今はもう婚約者と呼べるフリードの姿に、胸に小さな灯が点る。

手にした紙に視線を落とした。

（……大丈夫。きっと上手《うま》くいく）

何度も練《ね》り直《なお》したエンブラント語の文章は、全て頭に入っている。ちょっとした挑戦をしてみるつもりだが、たとえ失敗しても、若気の至りというやつだ。

顔を上げ、息を吸う――

『答辞……』

◆　◆　◆

薄明りの客席。壇上に立つ女に光が当たる。

ソフィアから聞かされて以来、消えることのない怒りが、大きく膨らんだ。

何故《なぜ》、お前がそこに立つ――？

ちょうど一年前、あの場に立っていたのは自分だ。そして今日、あの場に立つのは己の最愛、ソフィアのはずだった。

（クソッ！　最後の最後で出し抜かれるとは……っ！）

風魔法で拡張された女の声が流れ始め、更に苛立《いらだ》ちが募《つの》る。

流暢《りゅうちょう》なエンブラント語はそれ故《ゆえ》に聞き取れる者のほうが少ない。だが、己の周囲――古語の素養を持つ高位貴族は違う。誰もが、女――クリスティーナ・ウィンクラーの言葉に聞き入っていた。

中には、感嘆の声を漏らす者までいる始末。

それとは反対に、いまだ混乱の気配が残る階下では、ソフィアの周辺の生徒たちが浮き足立っている。

不審や驚きの眼差《まなざ》しで彼女を振り返り、何事かを話し掛けていた。前を向いたままのソフィアの表情は窺《うかが》えないが、彼女が何かを否定して首を横に振るのが見てとれる。

その小さな肩が震えているような気がして、数日前の彼女の姿が蘇《よみがえ》った。

――やだ、卒業式なんて出たくない。だって、みんな、絶対に私のこと笑ってるもの！

――悔しいよ！　アレクシスの隣に立つために努力した三年間を、全部、否定されちゃった。

彼女からの訴えを受けた際、ただちに王太子名義で学園に抗議を入れた。結果、クリスティーナの不正に関して返ってきた学園長の報告は、あまりに想定外なもの。

（オズワルド・ボルツめ、余計な真似を……っ！）

ソフィアがクリスティーナによる被害を受けていた頃、度々、苦言を呈してきた男が何をしたかったのか。それが分かるから余計に、ソフィアに真実は明かせなかった。

結果、「クリスティーナの首席卒業は覆《くつがえ》らない」という事実しか伝えられず、涙を見せたソフィアは式への出席を拒んだ。その涙を己が拭《ぬぐ》い、この場に在《あ》ることの重要性を何度も説《と》いて、彼女は式典に出ることを決めたのだ。

最後には笑って、「頑張る」と告げた彼女の強さが誇らしかった。なのに――

会場に大きな拍手が響き渡る。

クリスティーナの答辞が終わった。ずっと手元の原稿に視線を落としていた女が顔を上げる。拍手は既《すで》に止《や》んでいた。

（フン。当然だ……）

確かに、エンブラント語は堪能《たんのう》。そこだけを見れば、クリスティーナはソフィアに勝るだろう。

だが、読み上げた答辞そのものは凡庸《ぼんよう》で、感情の起伏のない言葉は聴衆の心には響かない。

「さっさとその場を下りろ」と睨《にら》みつけた視線の先で、クリスティーナが不審な動きを見せる。

演台を下りようとせず、手にした原稿を折り畳み、真っすぐに顔を上げたのだ。

「……以上を以《もっ》て、私の答辞といたします。ですが、もう少しだけ、皆様のお時間を頂きたいと思います」

エンブラント語ではなく、母国語で話し始めた女に、再び客席が騒《ざわ》めいた。それを気にする様子はなく、クリスティーナは話し続ける。

「今から述べますのは、私の思い。卒業にあたり、学《まな》び舎《や》で三年間を共にした皆様にお伝えしたいこと。……ですので、ここからは、私自身の言葉で述べさせていただきます」

何を言い出すつもりなのか。胸の内に緊張が生まれる。

「まずは、皆様が思われたであろうこと。何故《なぜ》、私がこの場に立つことが許されたのかという疑問にお答えします」

騒《ざわ》めきが大きくなった。

「ここに立つ以上、今期卒業生の首席が私であるということ。これに関して、私はなんら恥じるところはないと、皆様の前で胸を張って申し上げることができます」

言って、クリスティーナが視線を向けた先に、皆が釣られる。視線の先で、学園長が大きく頷《うなず》いた。また、騒《ざわ》めきが大きくなる。

「ですが、首席とは関係なく、私がこの場に立つのに相応《ふさわ》しくないとお考えになる方もいらっしゃるでしょう。……皆さまご存じのように、かつて、私は大きな過《あやま》ちを犯しました」

クリスティーナの視線が、今度は客席を向く。卒業生、魔術科の列に向けられたその瞳が誰を見ているのか。気づいた周囲の視線が一ヶ所に集まる。

徐々に増える視線に晒《さら》され、その中心に座る薄桃色の頭が左右を確認する。そうして耐えかねたように、彼女――ソフィアがこちらを振り向いた。

遠目にも分かる引きつった顔。周囲の反応を気にして式への出席を拒んだ彼女に、今、会場中の視線が集まっていた。

(クソッ、クリスティーナ！　あの女、何を考えているっ!?)

こちらを見上げる碧《あお》い瞳に胸が苦しくなる。今、彼女は一人、どんな思いでいるか。何もしてやれない自分がひどく歯痒《はがゆ》い。

「……過《あやま》ちを犯したのは、私だけではありません。この場には、私の過《あやま》ちに引きずられ、自ら罪を犯した方もいらっしゃるでしょう」

再び話し出した壇上のクリスティーナに、皆の視線が戻っていく。

「私の犯した最大の過《あやま》ちは、彼ら、彼女らの行いを止められなかったこと。……私には見えていた。聞こえていた。けれど、それら全てを見なかったこと、聞かなかったことにした……」

（馬鹿な。今さら、何を戯言《ざれごと》を……っ！）

クリスティーナの言《げん》は、暗に、「ソフィアを直接害してはいない」と主張していた。

確かに、ソフィアが受けた蛮行の中には、実行者の独断で行われたものもある。だが、クリスティーナが全く関わっていないなどあり得ないのだ。それに、彼女自身が認めたように、周囲を止められる立場にありながら、その役目を怠《おこた》ったあの女の罪が最も重い。

「……愚かな行いでした」

そう自嘲気味《じちょうぎみ》に口にした女が、「ですが」と告げる。

「幸運にも、私のその愚かさは許されました。……いえ、幸運ではありませんね。慈悲や寛容《かんよう》、期待を以《もっ》て、私の過《あやま》ちは許されました」

クリスティーナが、再び、会場をグルリと見回す。

「尊きお方一人の赦《ゆる》しではありません。多くの方々による赦《ゆる》しが、未熟で愚かな子どもであった私に再起の機会を与え、この場に立つ支えとなってくださった」

先ほどまでとは違う、感情に満ちた朗々《ろうろう》たる声が会場に響き渡る。

「皆様、我らが巣立つこの学び舎《まなや》は、ただ一つの過《あやま》ちで、前途を行かんとする者の未来を閉ざすを良しとしません。我らが尽くすこの国は、過《あやま》ちを認め、再び立ち上がらんとする者を許します」

クリスティーナの瞳が、前列に並ぶ卒業生を見下ろす。

「……皆様の中にも、自らの過《あやま》ちを悔いていらっしゃる方がおられるでしょう。そうでなくとも、これから先の未来に、過《あやま》ちを犯す自分を誰も否定できません」

そう告げた女の口から、フッと吐息が漏れた。

「過《あやま》ちを犯したならば、悔いてください、恥じてください。二度と、同じ過《あやま》ちを犯さないでください。そして、その先に、今日、この日を思い出してください。……一度過《あやま》ちを犯し、それでも、この国が育《はぐく》んだ寛容《かんよう》と慈悲の心に生かされ、今、この場に立つことを許された私を、どうか思い出して」

シンと静まり返った講堂に、ただ、凛《りん》とした声が満ちる。

誰も口を開かない。

皆が、彼女の言葉の先、何を言わんとするかを聞き漏らすまいと見守る。

「私は、この国に生まれた己を、真実、幸運であったと思います。国の導き手であらせられる国王陛下の臣たる自分を、何よりも誇りに思っております」

隣から聞こえた忍び笑い。それにハッとするほど、意識がクリスティーナの声に引き込まれていた。

「国に生かされしこの命、その最後の灯《ともしび》が尽きるまで、国の護《まも》りに尽くすことを誓いとし、改めて、答辞といたします」

言って、一歩下がり、クリスティーナは深々と頭を垂れる。間髪《かんはつ》容《い》れず、場違いなほど大きな一人分の拍手が鳴り響いた。

音の鳴るほうを見遣ると、同じ列——二階最前列で立ち上がった偉丈夫が、興奮冷めやらぬ表情で手を打ち鳴らしている。壇上で顔を上げたクリスティーナが、音の持ち主を振《ふ》り仰《あお》ぐ。その彼女の表情がフッと解《ほど》けた。

（……っ！）

息を呑む音を耳が拾う。

それが己のものだったのかどうか。

周囲で上がる感嘆の声、漏れるため息。

クリスティーナが、笑った――

（なんだ、あれは。あの女があんなふうに……）

己の知らぬクリスティーナの表情《かお》に全身が総毛立つ。「幸せだ」と惜しげもなく伝えてくる笑顔に、思考が停止する。

「……見誤ったか」

不意に、父王の呟《つぶや》きが聞こえた。

その意味を問おうとしたが、あっという間に会場中に広がった拍手の音にかき消される。

一際大きな音を鳴らしていた男が、拍手に負けぬほどの大声を上げた。

「クリスティーナッ！」

男――北の辺境伯の大音声《だいおんじょう》に、会場の視線が集まる。それには頓着《とんちゃく》せず、辺境伯は大きくブンブンと両腕を振った。

男の奇行に唖然《あぜん》とし、手を振られた相手――壇上のクリスティーナに視線を戻す。今まさに演台から離れようとしていた彼女は立ち止まり、辺境伯を仰《あお》ぎ見《み》た。

困ったように笑うクリスティーナ。躊躇《ちゅうちょ》を見せてから、胸元より少し下、脇の横で小さく手を振り返す。その顔に浮かぶ、照れたような、嬉しそうな微笑《ほほえ》み——

「……っ！」

会場がどよめいた。今度こそ、自分が息を呑む音が聞こえた。

(なん、だ……？ 今のは、一体……)

一瞬、胸に走った感情。得体の知れないそれに、身体が震えた。

鳴《な》り止《や》まない拍手に送られ、彼女が檀上《だんじょう》から下りていく。

周囲の高位貴族たちが立ち上がり、惜しみない拍手を送る。だけでなく、眼下の一階席、送り出されるはずの卒業生までが立ち上がり始めた。

起立する生徒の波が波紋のように拡がっていく。座席の肘掛けを握る手に力が籠《こ》もった。

同じものを見ているはずの父王が、フンと鼻で笑う。

「私も耄碌《もうろく》したな。いや、まだまだ未熟ということか。……あれを辺境にとられるとは、惜しいことをした」

父王の言う「あれ」が何を指すのか、尋ねるまでもない。

「……あんなものは詭弁《きべん》です。口先だけの言葉で周囲を煙《けむ》に巻くのは、クリスティーナの得意とするところ。罪を逃れんとしているだけではありませんか」

「だとして、何が問題だ？」

「実《じつ》のない言葉に意味など……！」

「声の大きい者の言葉が真《しん》となる。よくあることではないか。……お前も、クリスティーナとの婚約を破棄せんがため、同じことをしたであろう？」

言われて、続く言葉を失う。

しかし、このままあの女を認めるわけにはいかない。

「クリスティーナはソフィアを、花の王家の末裔《まつえい》を害しました」

「フン。そうだ。その事実があの娘の瑕疵《かし》を重くした。お前との婚約を破棄するほどにな」

父王は、「だが」と続ける。

「勘違いはするな。お前が婚約破棄を願い出た際、確かに、私はクリスティーナではなくソフィアを選んだ。あの時点で、あの娘の言動は王太子妃に足らぬと、そう判断したからだ」

陛下でクリスティーナが着席し、漸《よう》く拍手が鳴《な》り止《や》む。

「とはいえ、ソフィアが完璧というわけではない。それはお前も承知しているだろう？」

父王の言葉に頷《うなず》く。

確かに、ソフィアはいまだ成長半ば。だが彼女ならば、己の隣に立つための努力を惜しまない。

己の隣に相応《ふさわ》しいのは——

「どちらも変わらない。どちらを王太子妃に据《す》えようと同じこと。血筋で勝るソフィアを選んだのは、それで問題がないからだ」

告げられた言葉に、耳を疑う。そんな話は初めて聞く。知らなかった。

だが同時に、それが為政者として父王が下した判断なのだと理解する。ならば、言われずとも、己はその思惑《おもわく》を読み取らなければならなかった。

「いいか、アレクシス。ソフィアは我が国に与えられた奇跡だ。それは間違いない。だが、なくてはならぬ妃ではない」

「っ⁉　ですが、彼女のハブリスタントの血は……」

「花の王家が滅んでより数世代、この国は着実に歩みを進めてきた。……私は奇跡に頼らねばならんような治世はしていない」

父王の言葉がグルグルと頭の中を巡る。

己がソフィアを選んだのは、彼女が花の王家の血を引くからではない。だが、その血さえあれば、彼女の立場を確固たるものにできると、いつしか信じ切っていた。

「……アレクシス、過去をなかったことにはできん。だが、過去に囚われ続けていては良き治世は望めん。曇りなき目で、今のクリスティーナの姿を見ろ」

促《うなが》され、階下を見下ろす。

いつの間にか式典は終わり、クリスティーナの周りに人垣《ひとがき》ができている。周囲からの言葉に、悠然と笑んでみせる女の姿。

「最初からあの輝きを持っていたわけではない。だが、自ら示した通り、クリスティーナは妃候補として、学園の徒として学んだ末に花開いてみせた。あれこそまさに、この国の女性の頂点、象徴と言うべき姿ではないか？」

返すべき言葉が見つからず、沈黙する。

「……間違えるなよ、アレクシス」

静かに諭《さと》す声が恐ろしく、「何を?」と問い返すことはできなかった。

「ソフィアだけではない。お前とて、すげ替えは利く……」

(ま、さか……)

脳裏に、十二歳下の弟――ルドウィッグの顔が浮かぶ。知らず、汗がにじむ拳《こぶし》を握った。

今まで考えもしなかったこと。王太子でない自分など、想像すらしたことがない。不動の足元が揺らぐ感覚に、眩暈《めまい》を覚えた。

(何故《なぜ》……。いや、違う。どうすれば……)

思考の迷宮に嵌《はま》り、どうやっても、行きつきたくない答えに辿り着く。

周囲の音が遠ざかる中、父王の声が聞こえる。

「だが、クリスティーナは違う。今のあの娘は間違いなく、この国における唯一。……妃に据《す》え損《そこ》なったは、返す返すも口惜しい」

言いながらも、陛下を見下ろす父王の瞳には隠し切れない満足の色がある。その眼差《まなざ》しの先で、いまだ絶えない賛辞に包まれるクリスティーナの姿があった。

(何故《なぜ》だ……、何故《なぜ》……)

ちょうど一年前、あの場に在《あ》ったのは己自身。送られた賛辞の中、彼らは己の姿に「この国の未来を見た」と言った。

ならば、今、彼らの目に見えているものは――？

◆　◆　◆

卒業式典の直後。待ち望んだ手続きのため、義父であるウィンクラー公に従い、王宮を訪れた。

クリスティーナに直接祝いを言えていないことが気がかりだが、今は何よりも優先すべきことがある。

そう己を律して諸々の手続きを終え、「いざ、クリスティーナのもとへ！」という時に、陛下による呼び出しを受けた。

「……化けたな」

義父と並んで座らされた執務室の長椅子。開口一番の陛下の言葉の意味が分からず、戸惑《とまど》う。

ただ、既《すで》に悪い予感はしていた。

陛下の口元に浮かぶ人の悪い笑みは、残念ながら、非常に見慣れたもの。今日はまた、どんな揶揄《からか》いを受けるのか――

小さく嘆息した義父が口を開く。

「化けたと言うよりも、私の目からすると羽化。徐々に己を作り変えていったように見えます」

淡々とした答えに、陛下が片眉を上げて問う。

「あの答辞、国への忠誠を誓ってみせたのは、お前の差し金か？」

「いいえ」

首を横に振る義父だが、彼がそもそも式典に参列するつもりがなかったことは知っている。義兄のユリウスに、「娘の誓約を果たす場に立ち会うべき」と主張されて初めて、参列を決めたのだ。答辞の内容も知らなかったはずだが、彼が父親の顔でクリスティーナに拍手を送る瞬間を、己は見ていた。

陛下がフンと鼻を鳴らす。

「あれが真実、クリスティーナの言《げん》だというなら、侮《あなど》れんな、人の成長というのは……」

陛下と、陛下の言葉に首肯する義父の姿を眺める。義父がこちらを向いた。

「……閣下にはいずれ、きちんとお話をするつもりでしたが、我が娘は一度、『妃の器でない』と判断されています」

改まった義父の言葉に頷《うなず》き返《かえ》す。

「学園で騒動が起こった際、娘は周囲の行いを静観することを選びました。命じるでも、制止するでもなく、ただ見ているだけ。意志を示さぬことで、できることもありますが……」

そう言う義父の眉間《みけん》に、浅く皺《しわ》が寄った。

「だが、娘の意を酌《く》んだかに見えた集団は、統制が取れていなかった。次第に暴走し、成してはならぬ策謀を行うに至りました。娘の関与を否定し、独断を主張する者もおりましたが……」

義父の口から嘆息が漏れる。

「『独断』が起きる時点で失態。力持つ者にそれは許されない」

吐き捨てられた言葉に、「なるほど」と首肯した。

(下の者の行いを『知らぬ振り』は許される、だが、本当に『知らなかった』は許されない、ということか)

なかなか厳しい要求だとは思うが、それが、義父がクリスティーナに望んだ「妃の器」なのだろう。

陛下がクッと忍び笑いを漏らす。

「その点で言えば、ソフィア・アーメントのほうがよほど都合が良かったな。あの娘には、そもそも力がない。全てがアレクシスの力に依《よ》るものだ」

「ええ。ですから、殿下の持ち込んだ筋書きに乗ることに否《いな》やはなかったのですが……」

年長者二人の言葉に、彼らの描いた物語を知る。

暴虐の公爵令嬢との婚約を破棄した王子が、逆境の内に結ばれた花の王家の末裔《まつえい》を妃に迎える——

「……破棄を解消にもっていけなかったのは私の失態です」

不機嫌に告げる義父に、陛下が声を上げて笑う。

「あれは笑えた！　騒動の収拾のために送り込んだはずのユリウスが、証拠集めをし出すとはな！　人心の掌握《しょうあく》にかけては、ソフィア・アーメントが一枚上手《うわて》か？」

「あれを人心の掌握《しょうあく》とは言いません。……ですが、彼女を『力なき者』と一概《いちがい》に断じるのは誤りかもしれません」

彼らの言葉に、かつて、演習試合で目にした少女の姿が蘇《よみがえ》る。

(花の王家の末裔《まつえい》、か……)

花の王家——ハブリスタント家の再興は国の悲願と言えるだろう。

かつて、その血故《ゆえ》に求められ、争いの末に滅んだと伝えられる王家は、愛する者の幸福を願って、国の災禍《さいか》を退《しりぞ》け、豊穣《ほうじょう》をもたらしたとされる。

国が苦しい時期にも語り継がれた伝承は、国民の——特に、飢えや死に近い平民層にとっての希望であった。伝承はお伽話《とぎばなし》へ姿を変えたが、今なお、花の王家の人気が絶えることはない。

(アレクシス殿下を王に戴《いただ》き、その横にソフィア嬢が立つ。……俺、個人としては望ましい未来だが)

それがクリスティーナの犠牲の上に成り立つと思うと、いまだに割り切れないしこりが残る。かと言って、己が完全に納得できる結末など——

「欲しいな……」

陛下の呟《つぶや》きが聞こえ、首を傾《かし》げる。その意味を理解する前に、陛下がこちらを向いた。

「フリード、単刀直入に言おう」

「は！」

「クリスティーナを私に譲れ」

「……は？」

思考が空転し、不敬な返事が口を衝《つ》いて出た。

「クリスティーナを私の妃に迎えると言っているのだ。譲れ」

「っ⁉　お、お待ちください！　何故《なぜ》、クリスティーナを……！」

「私に妃はいない。なんの問題もないだろう？」

平然と告げる陛下に、更に混乱する。「問題しかない」と思うのに、陛下はそれが当然という顔をしていた。

理解が及ばず、結局、己の直感に従って動くことにする。

「……陛下の御心は分かりました」

「ほぉ？　……随分、あっさりと引き下がったな？」

「は！　では、私はこれで。御前、失礼いたします！」

「は？　おい、ちょっと待てっ！」

陛下の制止を振り切り、退出しようとしたが、義父の「待たれよ」という言葉に足を止める。

気は急《せ》くが、彼の言葉を無視するわけにいかず、断りを入れる。

「申し訳ありません、閣下。急ぎ、開戦の準備をせねばなりませんので」

「……開戦？」

「は！　どうぞ、お許しください。これより、クリスティーナ嬢をタールベルクへ拐《さら》います。徹底抗戦の準備を……！」

「待て、待たれよ……」

義父の筋張った指が眉間《みけん》を押さえる。何かに耐えるように顔をしかめた彼が、陛下に視線を向

けた。

「陛下、戯《たわむ》れはお止《や》めください」

「戯《たわむ》れではない。……まぁ、半分は冗談だが、半分は本気で言っている」

「……余計、質《たち》が悪い。陛下はタールベルクと事《こと》を構えるおつもりですか？　辺境伯から武力で娘を奪うと？」

義父の鋭い眼差《まなざ》しが陛下を睨《にら》む。嫌そうに顔を歪《ゆが》めた陛下が、大きく嘆息した。

「冗談だ！　フリード、お前の婚約者を奪うつもりはない」

「冗、談……？」

「分かるだろう？　いつもの戯《たわむ》れ。少し、揶揄《からか》ってみただけだ」

陛下の言葉に放心する。興奮していた頭が一気に冷めた。同時に、身体中の血の気が引く感覚に襲われる。

「も、申し訳ありません！　私はなんたる不敬を！　どうぞお許しを、咎《とが》はこの身一つに……！」

「ああ、いい、いい、謝るな。今のは俺が悪かった。……まぁ、なんだ、お前の覚悟を見ておきたかったんだ。さっきの言葉は取り消す、気にするな」

「……覚悟、ですか？」

「そうだ。クリスティーナを護《まも》れ。……絶対に死なすなよ？」

陛下の言葉にハッとする。

「承知しました！　陛下のご高配、痛み入ります！　クリスティーナ嬢は私の全身全霊をかけまして、いえ、タールベルク騎士団の総力を以《もっ》てして……！」

「ああ、うん。もう良い、分かった。……お前がクリスティーナに心酔しているという話は本当だったようだな」

陛下の言葉に意気込んで答えようとしたが、先に義父が答えを口にする。

「以前、ご報告を差し上げた通りです」

その義父を、陛下がジロリと睨《ね》め付《つ》ける。

「お前、クリスティーナの変化を態《わざ》と黙っていただろう？　知っていれば、ルドウィッグの嫁にでもしたものを」

「……お言葉を返すようですが、娘が変わったのは卿と婚約を結んだ後、卿に連れられ、北の辺境を訪れた後です」

そう言って、義父はまた小さく息をつく。

「陛下。娘をお認めくださるのなら、あれの身を求めるのはお止《や》めください」

「しかしなぁ……」

「娘は陛下に対する卿の忠誠に感謝しておりました。卿が陛下の剣である限り、娘は私と剣を交えずに済む、と……」

陛下が「グゥ」と低く唸《うな》る。義父の視線がこちらを向いた。

「奪えば、必ず取り戻しにくるでしょう。いえ、その前に、娘が自力で逃げ出すやもしれません」

「あー……」

呻《うめ》いた陛下が天を仰《あお》ぐ。その口元に薄《うっす》らと笑みが浮かぶ。そこに悲観はない。いっそ、楽しげですらあった。

そこで漸《ようや》く、鈍い己も理解する。

陛下が欲したのは、クリスティーナではなく、彼女の作るこの国の未来。それならば、いっそ、己も見てみたいと血迷いかけ、慌てて頭を振った。

見るならば、この国でなく、辺境の未来。己の横で歩む、彼女の姿――

王宮からの帰り道。一人、馬車に揺られ、先ほどの出来事を思い出す。心臓が嫌な音を立てた。

(……やってしまったな)

陛下相手に武力の行使を明言するなど、決してやってはならぬこと。許されはしたが、己の言動は間違いなく不敬、あの場で切り捨てられても仕方のないものだった。

だが、陛下に「クリスティーナを譲れ」と言われた時、考えるより先に口が動いてしまったのだ。思考が停止し、口から勝手に「徹底抗戦」などという言葉が出てきた。

(陛下がクリスティーナを求められる。その可能性を考えなかったわけではないが……)

むしろ、「いつかは起こり得ること」と承知していた。

当然だ。彼女を失って、後悔しないなどあり得ない。もし己ならばと、想像しただけで息が止まりそうになる。王家が再び彼女を求めることに、なんの疑問があろうか。

(……『冗談だ』と仰《おっしゃ》ってはいたが、陛下のあれは本音だった)

王都と辺境という距離があろうと、それなりに長く仕える身。陛下の御心は知れる。

脱力し、大きく嘆息した。

忠誠を誓った相手に、己は何をしようとしたのか。その咎《とが》が及ぶのがこの身一つであるならば問題ないが、危険に晒《さら》したのが己が命だけではないという事実が、胸に重くのしかかる。

（救いは、ウィンクラー公が味方でいてくれることだが……）

陛下の要求を退け苦言《しりぞ》を呈してくれた義父に、深く感謝する。

クリスティーナを失っては生きていけないが、然《さ》りとて、己の我儘《わがまま》で領地を危《あや》うい立場に立たせるわけにもいかない。

（再びクリスティーナを求められることがあれば、辺境伯を辞し、一兵士として抗うか）

そこまで思考を巡らせたところで、馬車が停止する。

悶々《もんもん》としつつ馬車から降り立つと、タールベルクの王都邸――その玄関口に、両腕を組んでこちらを睥睨《へいげい》する己の臣下の姿があった。

一瞬、謁見内容が露見したかと肝を冷やしたが、さすがに早すぎると思い直す。

「……今、帰った。どうした、ウェスリー？　何か問題が？」

「遅い」

平坦《へいたん》な声で返され、これはどちらだろうと、内心で冷や汗をかく。

叱責《しっせき》するほどの怒りはないと見るか、怒りのあまり冷静になってしまったと見るか――

「……こんな時間までどこをほっつき歩いてたんですか？　祝賀会に出席されるんですよね？　子

どもじゃないんだから、支度に時間が掛かることくらいご承知でしょう？　さっさと部屋に上がってください」

「あ、ああ……」

どうやら、冷静に怒っているらしい。背中を押される勢いで自室へ追い立てられ、用意された夜会服に着替える。怒りながらも世話を焼くウェスリーを見下ろした。

怒らせた以上、下手に突かぬほうが無難だが――

「大体、なんなんすか。フリード様のあれ。あの、式典で手ぇ振りまくってたやつ」

なるほど、そこから怒っているのかと、おとなしくウェスリーの言葉に答える。

「あれは、つい感情が爆発してしまったんだ。……お前にも見えていたか」

「見えましたよ。俺らの席、前のほうの端っこでしたからね。二階席の珍事がバッチリ見えてました」

言われて羞恥《しゅうち》を覚える。

あの時は、壇上で神々《こうごう》しいまでの光を放つクリスティーナの姿に我を忘れた。彼女の紡《つむ》ぐ、彼女の生き様そのものの気高い言葉の数々に、胸の内で膨らんだものが溢《あふ》れ出《だ》して――

「ほんっと、止《や》めてくださいよね、ああいうこと。タールベルクの品位が疑われます」

「すまな……」

「あんなの、田舎《いなか》のオヤジですよ、田舎《いなか》のオヤジ。芝居小屋の姉さんを冷やかして喜ぶ酔っ払いかって話ですよ」

「オヤジ……、酔っ払い……」

責める言葉に愕然《がくぜん》とする。

もしも、もしもだが、クリスティーナもウェスリーと同じ怒りを感じていたら。己のことを、酔っ払いのオヤジだと感じていたら――？

「……に、二度としない。絶対に」

決意を込めて呟《つぶや》くと、「そうしてください」と冷たく返された。

「お気付きでないようですけど、フリード様、今回のでかなり自分の首絞めてますからね？」

「ああ。分かって……」

「いや、全然、分かってないと思います」

そんなことはないと答えようとして、先ほどやらかした自身の失態を思い出す。

確かに、己の短慮は反省すべき点。ウェスリーが「分かっていない」と言うならば、きっとそうなのだろう。

自戒して頷《うなず》くと、ウェスリーがヒョイと肩を竦《すく》める。

「でも、まぁ、基本、フリード様はご自身の直感に従って行動してください」

そう言って、ニヤリと口角を上げた。

「もし、それが命取りになるような行動だったら、それをフォローするのが俺の役目、シュミットの使命ってやつですから」

軽く告げられた言葉の重さに、グッと詰まる。辛《かろ》うじて「ああ」と返すと、ウェスリーは再び肩を竦《すく》めてみせた。

「てことで、まずは、祝賀会でタールベルクの名誉を挽回《ばんかい》してきてください」

「祝賀会か……。分かった、と言いたいところが、私がそうした場が不得手だということは知っているだろう？　正直、何をすればいいのか分からん」

「難しく考えなくていいんですよ。フリード様は黙って、ただクリスティーナ様の隣に立っといてください」

助言に「なるほど」と頷《うなず》きかけて、ハタと止まる。与えられた役目が、まったく、クリスティーナの役に立ちそうにない。

「……それは、本当に名誉の回復になるのか？」

「なりますよ。フリード様ほどのタッパなら、いい盾、防御壁になります。クリスティーナ様に近づく良からぬ輩《やから》を、得意の威圧で追っ払ってください」

「威圧……。いや、特に得意だと思ったことは……」

「ない」と言うより早く、支度を終えた背中をバンと叩かれた。

「はい、準備完了です！　時間ないんで、とっとと行きますよ」

そのまま邸の外まで送り出される。

玄関前に回された馬車の扉が開かれ、中へ乗り込もうとした時、車内の人影に気付いた。

「トリシャ？」

「お兄様、早く、早く！　早くお乗りください！」

「いや、乗りはするが……、トリシャが何故《なぜ》ここに？」

卒業の祝賀会は、卒業生とその同伴者のみが参加を許される。身内とはいえ、トリシャが祝宴に顔を出すことはできないのだが――

「私もウィンクラー家に参ります！　お姉様を学園までお送りします！」

「送る？　何故《なぜ》……」

「お姉様にお会いしないことには、眠れそうにないからです！　ああ、お姉様、お会いしたい！　お会いして、この胸の内をお伝えし、それで、できればもう一度、あの微笑《ほほえ》みを……っ！」

妹の訳の分からない熱量に圧倒される。戸惑《とまど》い、背後のウェスリーを振り返った。

「言ったじゃないすか、自分の首を絞めてるって。自業自得ってやつです」

「自業自得……、いや、すまん、本当に意味が分からん」

「フリード様が手ぇ振った時、クリスティーナ様が照れて笑ったでしょ？　あれが、トリシャ的にツボだったというか、すげぇ刺さったらしいです。それからずっと、こうですよ」

呆《あき》れたようなウェスリーの言葉に、トリシャが憤慨《ふんがい》して言い返す。

「私だけじゃないわ！　お友達の皆さんも、お姉様があんなふうにお笑いになるのを初めて見たって仰《おっしゃ》って！　皆で、『キャー！』ってなったんだもの！」

頬を紅潮《こうちょう》させるトリシャの言葉に唖然《あぜん》とする。追い打ちをかけるように、ウェスリーのため息が聞こえた。

「淑女科だけじゃないっすよ。俺の周りもすごかったっすもん。何か、野郎共の雄叫《おたけ》びが、『ウォォオオオオ！』って感じで」

その言葉に、首元がヒヤリとする。

「……よく、分からんのだが」

分からないなりに思うのは――

「……それは、俺があの笑顔に心臓止まるかと思ったのと同じ感覚だろうか？」

「ああ、まぁ、同じなんじゃないっすかね？」

返された言葉に、嫌な汗が流れる。

もし、あの場にいた有象無象が己と同じ感情を抱いたというのなら、これから、間違いなく、クリスティーナの争奪が始まる。己なら、今日の祝宴でなんとしても彼女の目に留まろうとするだろう。

（陛下だけではない、ということか……）

突き付けられた現実に、このままクリスティーナを連れて辺境へ帰りたいと切望するが――

「ほら、クリスティーナ様がお待ちですよ。楽しみにされてるでしょうから、最後にバッチリ決めてきてください」

ウェスリーに背を押され、馬車の中へ押し込められる。

走り出した馬車の内、興奮冷めやらぬトリシャの話を聞き流しつつ、自己嫌悪、己の思慮のなさを深く深く悔いた。

◇　◇　◇

式典での大役を果たした後、一度、公爵邸へ戻り、夜会服に身を包む。

数刻後、フリードに伴《ともな》われて再び学園を訪れた頃には、既《すで》に祝賀会が始まっていた。

迎えにきた時から様子のおかしかったフリードは――会場まで送り届けてくれたトリシャも大概《たいがい》だったけれど――己の傍《そば》に張り付いて離れようとしない。一体、何があったのかと、ピタリと寄り添う長身を見上げる。

「ん？　どうした、疲れが出たか？　ずっと気を張り通しだったからな。どこかで休むか、いや、いっそ、このまま帰宅するというのも……」

心配性な彼の言葉に、首を横に振る。

「いえ、大丈夫です。疲れてはおりません」

ただ、距離が異様に近い。

常より近い距離を意識してしまうのは自分だけなのか。いつもと変わらぬ笑みで「疲れたらすぐに帰ろう」と気を遣う彼に、苦笑して返す。

帰りたいのはやまやまだが、今すぐに帰宅というわけにはいかない。己のもとへ挨拶《あいさつ》に訪れる者はいないが、周囲から遠巻きにされている視線は感じる。

（アレクシス殿下とソフィアの姿がない内に、彼らと接触を図りたいところだけれど……）

そう思案していると、近づいてくる一組の男女が見えた。迷いのない足取りでこちらへ向かってくる彼らの到着を待つ。

「……ご卒業おめでとうございます。クリスティーナ様」

そう祝いの言葉を告げて微笑《ほほえ》んだカトリナに、「貴女も」と祝いの言葉を返す。彼女をエスコートしてきたイェルクは――祝いの言葉こそ口にしなかったものの、おとなしく彼女の傍《そば》に佇《たたず》む。

二人が並び立つ姿は新鮮だった。

彼らの関係にも何かしらの変化が生まれたことを期待し、カトリナを見つめる。

彼女に抱く思いは様々。その中で、やはり一番強いのは罪悪感だ。巻き込んだ、守れなかった、利用した。そして、今、王都《ここ》に置き去りにしようとしている。

「……頑張ってね、カトリナ」

「クリスティーナ様も。……辺境でのご活躍を楽しみにしております」

短く「ええ」と返すと、頭を下げた彼女は静かにその場を去る。立ち去る二人の背を見送った。

彼らを見送った先、入れ替わるようにして会場に入ってきた二人の姿を認めて、軽く瞠目《どうもく》する。

(本当に連れてくるなんて……)

自分とよく似た容姿の男が、緊張に顔を強張らせた女性を連れ、こちらへ歩み寄ってきた。

己の内に怒りも哀れみも引き起こすその女性は、終始、下を向いたまま。彼女の姿に気付いた周囲から、驚きと蔑《さげす》みの声が上がる。その声に顔を歪《ゆが》ませた彼女に、しかし、エスコートの男――ユリウスが気付く様子はない。有無を言わさず、女性を己の前に立たせる。

「すまない、遅くなったな。彼女の支度に時間が掛かった」

兄の無神経な言葉に、名指しされた女性の肩がビクリと震える。その顔がゆっくりと持ち上げられた。

「……お久しぶりです、テレーゼ様」

敵愾心《てきがいしん》に満ちた瞳がこちらを射貫《いぬ》く。それに何かを言う前に、兄の不機嫌な声が落ちた。

「……テレーゼ嬢、挨拶《あいさつ》くらいまともにできないのか？」

「っ！　……お久しぶりです、クリスティーナ様。ご卒業、おめでとうございます」

取ってつけた祝いの言葉に、「テレーゼ様も」と返したいところだが、三年後期の大半を謹慎していた彼女にそれを言うのは嫌味だろう。この場にいるということは、彼女も卒業を許されたのだろうが、答えに迷う。

その迷いに屈辱《くつじょく》を感じたらしい彼女の表情が歪《ゆが》んだ。

しかし、そんな微妙な空気を気にも掛けず、兄は、「それではな」と会話を終わらせた。

「我々は婚約の挨拶回《あいさつまわ》りに行かねばならん」

その言葉に、テレーゼの瞳が揺れる。彼女の動揺が見てとれた。

（我が兄ながら、本当に人の心に無頓着《むとんちゃく》というか、鈍いというか。……どうして、彼女にとって最悪の状況で挨拶回《あいさつまわ》りしようなんて思えるの？）

そもそも、打診されていたテレーゼとの婚約を受け入れるに至った彼の心境が分からない。どうやら「家のため」と割り切ったらしいが、己にとっては悪夢のような選択だ。

ただ、ソフィアへの想いを断ち切ったらしい兄の決断に、反対はしなかった。

（……まぁ、蓋《ふた》を開けてみれば、それなりに上手《うま》くいっているようだし）

それが兄の独断――渋るテレーゼを祝賀会に引きずり出すなど――に依《よ》ることは否定しないが。

「……では、息災でな」

「お兄様も……」

小さく首肯する兄と、無言のテレーゼが立ち去るのを見送る。去りゆく彼女の顔は青ざめていた。

（殿下の不興を買い、味方が誰もいない。いつかの私と同じ状況だけれど……）

己には、フリードやトリシャという支えがあった。

対して、彼女とユリウスの婚約は、あくまで家同士を繋ぐもの。そこに個人的な感情はない。

リッケルトの現当主であるテレーゼの兄は、二人の婚約を以《もっ》て先代を追い落としたため、いまだ派閥全てを掌握《しょうあく》するに至っていない。派閥の中には、テレーゼを裏切り者と見る者もいる。婚約者であるユリウスさえ味方とは言い難い状況に、自尊心の高いテレーゼがどこまで耐えられるか――

（……けれど、まぁ、お父様にとっては満足のいく結果、なんでしょうね）

「愚物」とまで言い切ったリッケルトの先代が消え、ウィンクラーの敵対派閥は大きく削られた。

おかげで、今や国内にウィンクラーに並ぶ家はない。

加えて、国の頭脳――宰相家であるミューレンには、個人的に大きな貸しがある。己の目指す先に、今後、なんの憂《うれ》いもないように思えて、だからこその懸念があった。

（出来すぎよね……）

強くなりすぎた力は争いを呼ぶ。国を割るような事態は、何があっても避けねばならない。答辞にかこつけて国への忠義を示しておいて良かったと、改めて実感する。何度も強調しておいたから、今すぐ、王家との対立を生むことはないだろう。

思考に没頭していたらしい。不意に掛けられた声にハッとするが、それを見透《みす》かされぬよう、何食わぬ顔で振り返った。

「……あの、クリスティーナ様」

振り返った先に、傍近《そばちか》くまで寄ってきていた女生徒たちの姿を認める。先ほどまでこちらを遠巻きにしていた人たちの一部、かつて、学園での日々を共に過ごした令嬢たちだった。

「突然のお声掛け、お許しください。私……、私たち、クリスティーナ様に謝罪を……」

固い表情、震える声で言葉を続ける。

「……クリスティーナ様に不名誉な誹《そし》りを押し付けてしまったこと。本当に、本当に申し訳ありませんでした……っ！」

中心の令嬢が頭を下げたのに倣《なら》い、いくつもの頭が下げられていく。それを黙って見守り、胸の内に込み上げる思いを必死に呑み下す。

接触してくるのなら、彼女たちが最初であろうと予想していた。その想定通り——いや、カトリナやテレーゼで様子見をした後であろうが、彼女らのほうから近づいてきた。

かつて己を裏切り、素知らぬ顔で敵に回った彼女らが——

「……クリスティーナ、大丈夫か？」

こちらを案じる声に、隣を見上げる。眉尻を下げ、不安げにこちらを見下ろす瞳を見つめ返した。

今の私は愛する人にそんな顔をさせてしまうほど情けない表情《かお》をしている——？

苦笑して、令嬢たちに視線を戻す。

（……大丈夫）

思うところがないわけではない。全てを割り切れるほど強くもない。

それでも、これは自らが望んだこと。撒《ま》いた答辞《えさ》に食らいついた獲物は逃がさない。己の権力《ちから》を取り戻すため、「自身の罪も許される」と甘い夢を見る彼女らを居心地の良い柵の中へ。

呑み込める。この人の隣に在《あ》るためなら。

「……皆様、顔をお上げになって」

呑み込んで、笑う——

「まずは、皆様に祝いの言葉を。ご卒業、おめでとうございます」

◆　◆　◆

部屋の外が暗くなってきた。灯りをつけていない室内に、今は一人きり。

王宮に与えられた私の部屋には、いつも侍女や護衛の騎士が控えている。だけど、今日だけは、我儘《わがまま》を言って一人にしてもらった。

着せられたドレス姿でベッドに座り、膝を抱える。

本当は今頃、卒業祝賀会でアレクシスとダンスを踊っていたはずなのに――

華やかな場を想像して、でもすぐに、昼間の光景を思い出して身が竦《すく》む。

卒業式典、周囲の視線が怖くて暗い客席で縮こまっていた自分と、明るい檀上《だんじょう》で堂々と皆の視線を浴びていた彼女。

どちらがこの国の女性のトップに相応《ふさわ》しいかなんて、考えるまでもなかった。

不意に、ドアをノックする音が聞こえる。

「……ソフィア？　入るぞ」

ノックと共に現れた人の姿に、泣きそうになる。困ったような顔でベッドに近づいてきたアレクシスが、隣に腰を下ろした。

「……祝賀会に参加したくないそうだな」

「だって、みんな、きっと、私とクリスティーナさんを比べてる……」

認めたくない事実。だけど口にすると、言葉が止まらなくなった。

「きっと、クリスティーナさんのほうが良かったって思ってる。アレクシスにはクリスティーナさんのほうが相応《ふさわ》しいって、みんな思ってるよ」

みっともなく声が震える。泣き出さないように唇を噛《か》んだ。

アレクシスの手が伸びてきて、肩を抱き寄せられる。

「関係ないさ。誰がなんと言おうと、俺の隣、俺が妃にと望むのはソフィアしかいない」

「……それは、私が花の王家の血を引くから？」

「違う」と答えたアレクシスの腕の力が強まった。

「懐かしいな。……覚えているか？　最初に出会った時のこと」

彼の言葉に「うん」と頷《うなず》く。

もちろん、覚えている。『蒼穹《そうきゅう》の輪舞《ロンド》』でも大事な、アレクシスとの出会いのシーン。

「あの時も、お前はこんなふうに小さく丸まっていた」

「……丸まってはいなかったよ」

「そうか？　だが、魔術科連中の嫌がらせに耐え、泣きもせず、じっと痛みに耐えていた。……強いなと、そう思ったんだ」

アレクシスの手が、頭を抱き寄せる。彼の肩にそっと頭を乗せた。

「今にも泣きそうなくせに、『嫌がらせなんて気にしない』、『いつか実力で認めさせてやる』と、息巻いているお前が面白かった」

彼の言葉にもう一度頷《うなず》く。

彼が面白がっていたのは知っている。ゲームの回想シーンで、彼がそう独白しているからだ。

（……知っていたけど、それでも、やっぱりドキドキした）

嫌がらせに屈しないと口にしたのは本心でも、彼の気を引けるか、ずっと意識していた。

「……最初はそれだけだったんだ。面白い奴だなと。なのに、その内、お前が怪我してないか、泣いてないかと心配になって、気付いたら、この手でお前を守りたいと思うようになっていた」

アレクシスの口から、フッと吐息が漏れる。

「ソフィア。今は、あの時とは違う。今なら、俺はお前の隣にいてやれる。お前を守ってやることができる」

「……うん」

「誰に何を言われようが関係ない。お前を選んだのは俺だ。俺の隣に立つお前を、皆に見せつけてやればいい」

力強い言葉に背中を押されるが、「でも」と、あと一歩が踏み出せない。

「……それだと、アレクシスまで悪く言われちゃう。私のせいでアレクシスが悪く言われるのは嫌だよ」

「言いたい奴には言わせておけ。それで、俺やお前の何が傷つくでもない。……それに、あの女はじきに辺境へ去る。彼女のことなど、皆、すぐに忘れるさ」

彼の唇が頭のてっぺんに触れる。小さなキスを落とされた。

「ソフィア、俺はお前が好きだ。……どれだけ傷ついても立ち上がり、決して諦めず、努力を怠《おこた》らない。そうやってここまで来たお前を愛しいと思っている」

アレクシスがくれた言葉に、また涙が込み上げる。彼が私を見ていてくれることが嬉しい。

「……今、悔しいと感じているのなら、またここから這《は》い上がればいい。今度は俺が傍《そば》にいる」

「うん……っ！」

彼の言葉に、何度も何度も頷《うなず》いた。

アレクシスの言う通りだ。クリスティーナはいずれいなくなる。だったらそれまでに、アレクシスに相応《ふさわ》しいのは私だと、もう一度みんなに認めさせよう。

「私、頑張ってみる！　アレクシスが一緒にいてくれるなら、私、頑張れるよ！」

「ああ。……俺も、お前を守ってみせる」

強い力で抱き締められ、彼の背中に回した手にギュッと力を込めた。

大丈夫。だって、私たちはハッピーエンドを迎えたんだから。主人公《わたし》はきっと、幸せになれる。

気持ちを入れ替えてすぐに、学園へ向かった。

アレクシスと並んでの入場に、場内の視線が一斉にこちらを向く。少しだけ尻込みしたくなったけれど、隣で悠然と笑うアレクシスの姿に背中を押される。

小さく息を吸う。泣いて赤くなってしまった目元は、お化粧で綺麗に隠してもらったから大丈夫。精一杯の微笑《ほほえ》みを浮かべると、それに応えるようにアレクシスの目元が緩《ゆる》んだ。

「行くぞ、ソフィア」

「うん……！」

学園の講堂。広い空間を一歩ずつ進むと、周りのみんながお祝いの言葉を投げ掛けてくる。ほとんどがアレクシスに向けてのものだけれど、中には、私に向けられたものもあった。

挨拶《あいさつ》に一つ一つ応えながら進む内、視界の端に女の子ばかりの集団が映る。その中央にクリスティーナの姿を見つけて、不安に襲われた。

彼女たちがこちらを見ている気がする。みんなが私を笑っている気がする。「負けたくせに」と馬鹿にされている気が――

「殿下、ソフィア様。ご卒業、おめでとうございます」

彼女たちの視界を遮《さえぎ》るように、目の前に数人の生徒が現れた。見慣れた魔術科のメンバーの姿にホッと息をつく。その中の一人、祝いの言葉をくれた男子生徒に、礼を言う。

「ありがとうございます。カイル様も、卒業おめでとうございます」

「有り難きお言葉。我ら一同、ソフィア様と机を並べ、共に学ぶことのできた三年間を誇りに思います」

「こちらこそ、みんなと過ごせて楽しい三年間だったよ。だから、そんな固い言い方しなくても……」

三年前、初めて魔術科の教室で顔を合わせた時とは比べ物にならないほど親しくなれた級友たち。アレクシスと婚約したことで、また距離ができてしまったけれど、彼らとの交友はこれからも続く。

「……皆さん、これからもどうぞよろしくお願いします」

頭を下げると、温かな笑みが返ってくる。隣でアレクシスが笑った。

「そうだな。これからも、ソフィアの友として、共に国を支えてくれ」

「は。我らの忠誠は殿下のもとに」

そう言って頭を下げた彼らは、次の人に場所を譲ってその場を離れていく。

入れ替わり立ち替わり、アレクシスに挨拶《あいさつ》しに来る生徒たちに、笑顔で応える。それにだんだん疲れを感じ始めた頃、違和感に気が付いた。

（……あれ？　人が減ってる？）

挨拶《あいさつ》に来る人たちの間隔がだんだんと開き、言葉を交わしてもすぐに立ち去ってしまう。そしてとうとう、目の前に誰もいなくなった。

それは、前回の婚約発表の時にはなかったこと。

焦《あせ》って周囲を見回すと、その元凶が目に飛び込んでくる。思わず、アレクシスの腕にしがみつく。

「ソフィア……」

名前を呼ぶ彼の声が固い。ポンポンと、宥《なだ》めるように手の甲を軽く叩かれるが、彼の視線はこちらを向いていない。彼も自分が気付いたのと同じものを見ていた。

クリスティーナ・ウィンクラー――

人の流れの中心にいるその人は、いつでも堂々と輝いている。

それに相反するように、私の胸は再び不安に締め付けられた。王太子であるアレクシスの周りではなく、クリスティーナの周囲に人が集まっている。集まる人たちの誰も彼もが、明るい表情を浮かべていた。弾む声で、彼らの周りだけ熱気に包まれている。

（……こんなのおかしい。絶対、おかしい）

そう思うのに。では、何がおかしくて、どう正せばいいのか分からない。ただ、周囲にポッカリ開いた空間が怖くてアレクシスに縋《すが》る。

重ねられていた彼の右手に力が籠《こ》もった。彼の口からボソリと呟《つぶや》きが漏れる。

「……『すげ替えは利く』、か……」

感情の籠《こ》もらないその声に、ますます不安になる。

「アレクシス……？」

辛《つら》そうな表情を見せたアレクシスが、天を仰《あお》ぐ。そうやって、無言で何かに耐えていた彼が、こちらを見下ろした。

「ソフィア……、俺は無能な王となるわけにはいかない」

どこか覚悟を決めた様子の彼の言葉に戸惑《とまど》う。

「アレクシスが無能だなんて、そんなのあり得ないよ」

「ああ。……お前にそう言ってもらえる自分であり続けたいと思っている」

だから、と彼が続けた。

「許せ、ソフィア。俺の判断が間違っていた。クリスティーナはいずれ王都を去る身、捨て置けると思ったが……」

そう言って悔しそうにクリスティーナを睨《にら》む彼の横顔は、怖いくらいに真剣だった。

「……今の俺に、あの女を排する力はない。いずれ必ず追いついてみせる。が、今日、この場では、クリスティーナとの和解を選ぶべきだろう」

「え……、どうして？」

クリスティーナのことなんて放っておけばいい。和解なんて絶対にしたくない。

(どうせいなくなるんだから、いないものとして扱えばいいのに……)

けれど、それを口にすることはできなかった。鋭いアレクシスの眼差《まなざ》しに、言葉を呑み込む。

「ソフィア、お前は今のクリスティーナに何も感じないか？　……俺は、正直、あの女に焦《あせ》りを感じている」

彼の言葉にイヤイヤと首を横に振る。

彼の、そんな弱音を聞きたくなかった。

「陛下の治世である今はまだいい。だが、十年、二十年先、ここに集《つど》う次代たちが国の中枢となった時に、この国の中心はどこにあると思う？」

「……そんなの、王都に決まってるよ。だって、アレクシスが王様になるんでしょう？」

「そうだな。……十年、それだけあれば、取り戻せる。必ず、この手で国を纏《まと》めてみせる。だが、そのためにも、今はクリスティーナと和解しておかねばならない」

アレクシスがもう一度、「すまない」と繰り返した。

「敵対したまま、あの女が北の武力と繋がれば、大きな火種となる。国を奪われるまでいかずとも、国を割る事態となる可能性は十分にある。それだけは、なんとしても避けたい」

「……だからって、クリスティーナさんに頭を下げなくちゃいけないの？」

悔しくて、泣きたくなった。アレクシスの手が伸びてきて、慰《なぐさ》めるように頭を撫《な》でる。

「俺とて業腹《ごうはら》だ。頭を下げる必要はない。……ただ、そうだな。話をして、できる限りこちらに引き込もう。あの女と王家に隔意がないと示せば、今日のところは十分だろう」

それが決定事項のように話すアレクシスに、心が軋《きし》む。

何故《なぜ》、そこまでする必要があるのか。国を割るなんて、そんな大事になるとは思えない。

「……私のこと、守るって言ってくれたのに」

責めるような言葉が口から零れ落ちる。言った後で、すぐに後悔した。アレクシスが固まっているのが分かる。

「ごめんなさい。今のは……」

「いや、構わない。ソフィアに責められるのは当然だ。……不甲斐《ふがい》ないな。守れると、そう思っていたんだが。愛する者一人守れないとは……」

弱音を零すアレクシスに、いつもの自信満々な余裕は感じられない。それがどうしようもなく不安で、苛立《いらだ》たしかった。

（……変だよ、こんなの）

『蒼穹《そうきゅう》の輪舞《ロンド》』のアレクシスエンド後に、クリスティーナと仲直りするという描写はない。アレクシス本人の性格にしても、ヒロインに弱音を吐くことは絶対になかった。

（変だよ。こんなアレクシス……）

そんな彼を認めたくなくて、黙り込む。

困ったようにこちらを見下ろしていた彼が、クリスティーナに視線を向けてハッとした。

彼女は周囲に別れを告げ、退出しようとしていた。アレクシスに握られている手が、強い力で引かれる。

「アレクシス、痛い……！」

「すまない！　だが、彼女が去る前に、顔繫ぎだけでも！」

一方的にそう宣言したアレクシスが、彼女の名を呼ぶ――

「クリスティーナ……ッ！」

◇　◇　◇

場にそぐわぬ大声で名を呼ばれ、周囲が騒《ざわ》めく。

この声を知らぬ者など、ここにはいない。

近づく気配に周囲の人垣が割れ、その中央を声の主――アレクシス殿下が堂々と歩み寄ってくる。

隣にソフィアを連れていることから、「挨拶《あいさつ》がない」と苦情でも言われるのかと思ったが――

「クリスティーナ嬢、少し話がしたい。時間をもらえないか」

予想外に丁寧《ていねい》に請《こ》われ、答えに迷う。思わず、ソフィアに視線を向けた。

殿下にピタリと身を寄せた彼女は、不安げに彼を見上げている。しかし、殿下のほうは彼女の視線に気付く様子がない。

二人のその姿に、更に不穏なものを感じるが――

（……用件がまったく分からないのも怖いから、話を聞くだけは聞いておいたほうがいいか）

己が迷っていたからだろう。殿下を警戒したフリードが一歩前に出ようとする。それを制止して、殿下に「諾」と頷《うなず》いた。

「この場でお伺いするのでよろしければ」

これだけの環視の中であれば、そう無茶なことは言われないだろう。

「構わない」と答えた殿下は、真っすぐにこちらを見据《みす》える。

「率直に言おう。クリスティーナ嬢、今しばらくの間、王都へ留まってはくれまいか？」

「え……？」

驚きに声が漏れた。己だけでなく、隣でフリードが息を呑む。殿下の隣で、ソフィアが大きく目を見開いていた。彼女のその反応が気になりつつ、殿下を見上げる。

「理由をお伺いしてもよろしいでしょうか？」

「……この国の未来のため、というのは少々大袈裟《おおげさ》か？　だが、私は未来に禍根《かこん》を残したくない。我々の間に色々と問題があったのは確かだが、今この瞬間より共に手を携《たずさ》えて歩むことはできる」

力強く宣言する殿下の言葉に、嘘はないように見えた。

「辺境伯との婚姻が成るまでで構わない。王都に留まって、そうだな、王宮に遊びに来てはくれないか？　ソフィアも貴女を歓迎しよう」

そう言い切った殿下だが、ソフィアを全く見ていない。言われたソフィア本人は顔を強張らせているため、どう見ても彼の独断だった。

（……だけど、そういうことね。殿下個人としては、私との遺恨《いこん》をなしにしたい。できれば、ソフィアとも仲良くさせたいと考えている、と）

要するに、囲い込み。己の――あるいは、ウィンクラーやタールベルクの力を認めた上で、その忠誠がどこにあるのかに気付いたのだろう。

（お父様やフリード様はともかく、私は一切、殿下に忠誠を誓っていないものね……）

かつて、殿下に言われた「二度と顔を見せるな」という言葉を忘れてはいない。不可抗力を除けば、こちらから接触――もちろん、祝賀会の挨拶《あいさつ》だってするつもりはなかった。

なかった、けれど――

「クリスティーナ嬢、どうか、貴女の力を貸してくれ。貴女が長年をかけてこの国のために学んだものを、今しばらくの間だけでも……」

虫の良すぎる要求だ。

殿下は、「頼む」とも「すまない」とも言わぬまま、頭を下げてもいない。

だが、己の助力を請《こ》うたというその一点をして、彼からの謝罪と見なすことはできる。

(立場的に頭を下げられないけれど、私を認めるから、互いに許し合おう、と……)

殿下なりの歩み寄りを、こちらとしても切って捨てるわけにはいかない。要求は呑めないまでも、「国のため」という彼の言葉は理解するからだ。

(……まぁ、一人、納得できない人がいるみたいだけれど)

殿下の隣で、珍しく、ソフィアが嫌悪に顔を歪《ゆが》めている。その分かりやすい態度に、嘆息した。

「……殿下には守らねばならぬものがたくさんあるのですね」

訝《いぶか》しげな表情をじっと見つめる。

(この方は、国を守り、臣を守り、民を守らねばならない。おまけに、王太子としての立場も守らなくてはならないのだから、抱えるものが多すぎる……)

そこへ更に、自分の妃まで加えようとしているから大変だ。守られる側にその自覚があれば、まだ救いはあるが――

「……クリスティーナ嬢？」

戸惑《とまど》う殿下の表情は久方ぶりに目にするもので、その碧《あお》の瞳に懐かしささえ覚える。

（ああ、そうだった……）

自身がまだ殿下の婚約者だった頃、彼の隣で成《な》し遂《と》げたかったこと。それを唐突に思い出した。

（未熟なりに、彼の抱えるものの重さを知ってしまったから、その重荷を少しでも減らしてあげたかったんだ……）

そのために、まずは、一人で立てるようにならねばならなかった。彼に守られる必要のない自分になる。そして、いずれは彼と重荷を分かち合う。

そんな妃に、己はなりたかった。

（……今、思うと、ずいぶんと烏滸《おこ》がましい望みね）

どれだけ望もうと成し得なかった事実に自嘲《じちょう》して、小さく首を横に振った。

思い出の中の碧《あお》に別れを告げる。

「殿下、身に余る評価を頂きましたこと、感謝いたします。……ですが、申し訳ありません。殿下の意に添うことは叶いません」

「……もう少し、考えてみてはくれないか？　一時《いっとき》でいいんだ」

表情を硬くした殿下が詰め寄ろうとするが、その前に広い背中が割って入る。視界が妨《さまた》げられ、常ならぬ、低い声が降ってきた。

「殿下、どうかご容赦《ようしゃ》いただきたい。クリスティーナは辺境へ行くことが決まっております」

「辺境伯、貴公の意思を妨《さまた》げるつもりはない。だが、婚姻の支度は王都でも可能であろう？　短い時で良い。クリスティーナ嬢のウィンクラーとしての最後の務めを、王宮で……」

家の名まで持ち出した殿下の言葉を、フリードが首を横に振って拒絶する。

「クリスティーナと私の婚姻は先ほど成りました」

「なに……？」

「式典後、ウィンクラー公の許しを得て、婚姻の届けを出してまいりました。彼女は既《すで》に私の妻、タールベルクのものです」

「なっ!?　馬鹿な……！　婚約の公示さえ出ていないだろうっ!?」

驚愕《きょうがく》の声に、フリードが「ええ」と答える。

「申請は一週間ほど前に済ませているのですが、時間が掛かっているようです。……あるいは、婚約と婚姻の公示が同時になるやもしれません」

フリードの無茶な行動に、殿下が言葉を失う。

「……殿下、よもや、私の愛する妻、タールベルクが待ち望んだ花嫁を、この手より奪うつもりではありますまいな？」

「……っ！」

フリードの魔力の乗った威圧に、場が凍る。それだけで勝敗は決した。

けれど、諦め切れぬのか、殿下がこちらを見る眼差《まなざ》しに初めて、彼の弱さを見る。生じた感情に蓋《ふた》をして辞去しようとした時、ソフィアの叫び声が響いた。

「もう止《や》めて、アレクシス……！」

「ソフィア……？」

驚きに目を瞬《またた》かせた殿下が、唖然《あぜん》と彼女を見つめる。憤慨《ふんがい》した様子のソフィアが彼に詰め寄った。

「どうして、アレクシスが下手《したて》に出ないといけないの⁉　そこまでして、なんでクリスティーナさんに頼ろうとするのっ⁉」

「待て、ソフィア。落ち着いてくれ。俺は……」

「この人は私にひどいことたくさんしたんだよ⁉」

そう言って、ソフィアがこちらを指差した。

「痛かったし、悲しかった！　すごく辛《つら》かったんだから！　それにずっと耐えてたんだよ⁉　アレクシスはそれを分かってくれてたんじゃないの？」

「ああ、分かっている。だが、ソフィア、お前は既《すで》に彼女に許しを与えただろう？」

諭《さと》すような殿下の言葉に、ソフィアが激しく首を横に振る。どうやら、かなりの興奮状態で周囲が見えなくなっているらしい。

「許したけど、仲良くはなれないって言ったでしょう！　なのに、それなのに、みんな、クリスティーナ、クリスティーナって、彼女のことばかり！　アレクシスまで……！」

「違う。ソフィア、そうじゃない。俺の隣はお前だ。それは決して変わらない。俺がクリスティーナに望むのは……」

「ほら、また！　クリスティーナって言った！」

殿下の失言に、ソフィアが噛《か》みつく。

「っ！　すまない。そんなつもりでは……」

最初に名を呼び捨てた時から、彼は焦《あせ》っていたのだろう。ただの呼び間違い。そこに含むものはないと分かっているはずなのに、ソフィアには許せないらしい。

殿下ではなくこちらを睨《にら》む彼女に、いつもの可憐《かれん》さは窺《うかが》えなかった。

「……貴女が選ばれるわけない。アレクシスが選んだのは私。みんなに認められて、祝福されて、アレクシスと結婚するのは私なの。みんな、騙《だま》されてるだけ」

異様な雰囲気で、瞳だけがギラギラと輝いている。

「貴女のせいよ。貴女がみんなを騙《だま》してるから上手《うま》くいかないの。……でないと、おかしい。だって、この世界、ここでは私が……」

独り言のように呟《つぶや》いていたソフィアが、ハッとしたように言葉を途切れさせる。こちらを睨《ね》め付《つ》けていた視線を宙に泳がせた。

その瞳に理性の色が戻るのを見て、彼女の言葉を引き取る。

「『私が、主人公《ヒロイン》なんだから』……？」

「っ!?」

突き付けた言葉に、ソフィアの顔から一瞬で血の気が引く。

どうやら、ちゃんと彼女の意を酌《く》めたらしい。真っ青な顔で唇を震わせる彼女に、嘲笑《わら》ってみせた。

驚愕《きょうがく》に見開かれた目。何かを否定するように、彼女の首が左右に振られる。

「嘘。そんなの、あり得ない……。貴女……、貴女も、まさか……」

転生者なの――？

今度の言葉は口にせず、ただ、笑って肯定する。ソフィアの肩が大きく跳ねた。

怯《おび》える彼女に、自然、笑みが深くなる。

「……確かに、ソフィア様の仰《おっしゃ》る通《とお》りです。ソフィア様はこの国の国母となられるお方。いつか、物語の主人公として語り継がれる日が来るでしょう」

嫌味半分、フォロー半分で、そう口にする。

先ほどの一言で、彼女も己も、互いに前世の記憶があることは承知した。後は、正気を疑うようなソフィアの発言をそれらしく取《と》り繕《つくろ》えばいい。

こちらとしては、こんなところで彼女に消えてもらっては困るのだ。

(だからといって、守ってやる義理もないけれど……)

いまだに自分が世界《ゲーム》の主役だと思い込んでいる彼女には、大きな釘を刺しておきたい。

貴女が望んで、主人公であり続けようとするのなら――

「……ソフィア様、どうぞ諦めないでください」

「急に何……？　何を言ってるの？」

逃げ道でも探しているのか、彼女の視線が周囲を彷徨《さまよ》う。

「ソフィア様がご自身を主人公だと仰《おっしゃ》るなら、先ほど嘆いていらした悲しみを、どうか、ご自分の力で乗り越えてほしいのです」

「何それ、意味が分からない。……私のこと、馬鹿にしてるの？」

硬い声でそう問われ、「いいえ」と答える。

「主人公とは、いかなる困難にも立ち向かうものでしょう？　何度、倒されようと、また必ず立ち上がり、いつか必ず悪に打《う》ち克《か》ってみせるもの」

自分の言葉に、うっそりと笑う。

「ソフィア様には、どうか、己を律し、磨き、鍛え上げ、遥《はる》か高みへ昇っていただきたいと、心からそう願っております」

「っ！　嘘よ、貴女笑ってるじゃない！　馬鹿にして、そんなこと絶対にできないと思ってるんでしょう！」

「いえ。決して、そのようなつもりは……」

嘘ではない。少なくとも、必死に足掻《あが》くくらいはしてほしい。

「だったら、どうしていつもいつも私の邪魔をするの!?　意地悪ばっかりしておいて、どうしてそんなことが言えるの!?」

「邪魔……？」

「そうよ！　いつだって邪魔する！　卒業式だって、今だって……！」

彼女の言葉に「ああ」と頷《うなず》いて、首を傾《かし》げる。

「それは結果がそうなのであって、私が故意に邪魔したとは言えないのではありませんか？」

暗に、純然たる実力の差だと伝えると、ソフィアの顔が真っ赤に染まる。

「馬鹿にしないでっ！」

「馬鹿にするつもりも、邪魔をするつもりもありません」

激昂《げっこう》するソフィアの言葉を否定して、「ですが」と続ける。

「強《し》いて言うなら、障害、でしょうか？　この身は、ソフィア様が乗り越えるべき壁、ソフィア様という玉を磨くための石。そうしたものだと自負しております」

「な、によ、それ……」

言葉を失う彼女に、もう一度、微笑《ほほえ》む。

「ですから、ソフィア様はどうぞお気になさらず。私のことなど軽く越えていってくださいませ」

「っ!?　嫌よ、どうして私がそんなことしないといけないの!?　貴女が消えて、私の前から消えてよ！」

ソフィアの悲鳴のような声に、殿下が彼女を宥《なだ》めようと手を伸ばす。それに気付かなかったのか、煩《わずら》わしかったのか、彼女の手が彼を振り払った。

「貴女はもう私に負けたでしょう！　私が勝ったの！　みんなも、アレクシスも、貴女じゃなく、私を選んだんだから！」

「……ソフィア様がそれでご納得されるのでしたら」

「煩《うるさ》い、なんで消えないの!?　いつまで私に付き纏《まと》うつもり？　消えて、消えて、消えて……！」

それは、暗に「死ね」と言っているのだろうか。

子どもの癇癪《かんしゃく》のように叫び続けるソフィアに、心が冷える。

「……たとえ、お会いすることがなくなろうとも、ご自身が納得されなければ、ソフィア様のお心が安らぐことはありません」

それが嫌なら抗えと言っているのだ。

虚《うつ》ろな瞳がこちらを見つめる。

「……いつまで？　いつ納得できるの？　だって貴女、いなくならないじゃない。私が勝っても、しぶとく付《つ》き纏《まと》って……」

彼女の言葉に、鼻先で笑う。「いつまで」など、有限の話ではない。

「……まさか、一生このまま、貴女に勝ち続けろって言うの？」

「ええ。当然のことかと……」

澄まして言うと、ソフィアが怒りを爆発させる。

「ふざけないで、そんなの絶対に嫌よ！　私は今まで散々努力した！　嫌なことも全部我慢した！それなのに、これから先もずっとだなんて……っ！」

碧《あお》の瞳が憎悪に燃える。抑え切れなかったのか、彼女が一歩前に踏み出そうとした。それを、アレクシスの手が制止する。

「……ソフィア」

「っ⁉」

名を呼ばれた途端、ここがどこで、自分がどういう状況なのかを思い出したらしい。ソフィアの動きが止まった。燃えるようだった目が恐怖に見開かれ、殿下を凝視する。

「ち、違うの、アレクシス！　今のは、ただ、怖くて言っちゃっただけで……」

必死に言《い》い繕《つくろ》うソフィアを宥《なだ》めるように、殿下がその背に手を添える。

「……ソフィア、大丈夫だ。落ち着け」

「本当に違うんだよ！　無理って、言っちゃったけど、そうじゃなくて……！」

先ほどまでの気炎《きえん》が嘘のように、ソフィアはポロポロと涙を零し始めた。涙を湛《たた》えた瞳が、こちらを向く。

「……ひどいよ、クリスティーナさん。なんでこんなひどいことするの？　私を追い詰めるのがそんなに楽しい？　私にひどいこと言わせて、それで満足？」

「ひどい、の定義がよく分かりませんが、私は真実、自分の思いを口にしております」

ソフィアの顔が悲愴《ひそう》に歪《ゆが》む。化粧が落ち、泣《な》き腫《は》らした目がよく分かる。

「未来の国母たるソフィア様には、私が心より頭《こうべ》を垂れる妃になっていただきたい。それが私の望みです」

発した言葉に嘘はない。

彼女の持つ花の王家の力、この国の王となる殿下を通して国にもたらされるであろう恵み。それを、国の隅々、辺境まで行《い》き亘《わた》らせてほしいと願っている。

そして願わくは、王の妃には己の忠誠を捧《ささ》げるに値する器《うつわ》であってほしい。

「……貴女の望みなんて知らない。私がどうなろうと、貴女に関係ないじゃない。……もう放っておいてよ。なんで、私に構うの」

「理由が必要ならお答えしますが、本当にお分かりになりませんか？　何故《なぜ》、私がソフィア様の前に立ち続けるか」

彼女の言葉に神経を逆撫《さかな》でされ、自然、口調がきつくなる。ソフィアが怯《ひる》んだ。

（何故《なぜ》、なんて、そんなの決まっているじゃない……）

その役を求められたから。押し付けられたから。気付けばそうであったから。

片足を引き、ドレスの両裾をつまむ。腰を折り、頭を下げた。

「それが、悪役令嬢クリスティーナ・ウィンクラーの矜持《きょうじ》なれば……」

自ら望んだわけではない。無関係でいられるならそうしたかった。それを許さなかったのは、貴女たち。私は彼らの筋書きに乗せられただけ。

ならば――

「その役目、見事、果たしてみせましょう……」

深く下げた頭の向こうで、主役が悲鳴を上げる。

「嫌ぁっ！　もう、嫌ぁあっ!!」

「ソフィア!?　待て……っ！」

駆け出すソフィアの足音が聞こえる。それを追う殿下の声が遠ざかっていく。

（……これにて、悪役令嬢の出番はお終《しま》い）

幕が下りる。然《さ》れど、カーテンコールは始まらない。物語はいまだ途中。終幕にはまだ早い。しばしの幕間《まくあい》に、開けるは何幕の始まりか。

(次なる悪の出番まで、主役《ヒロイン》には束の間の休息を……)

「……クリスティーナ?」

呼ばれた名に、下げ続けた頭を上げる。寄り添う人に笑って応えた。

「ええ……、参りましょうか、フリード様」

ここにもう用はない。明日には帰路の馬車の中、愛する人の故郷へ向かう。

最後にもう一度、会場を見回し、別れを告げた。

それでは、皆様、ご機嫌よう。また会う日まで——

エピローグ

空に解き放たれた鳥たちの祝福。白い羽が舞う。

北に嫁《とつ》いでより半年、漸《ようや》くの準備が整ったこの日、己とフリードの婚姻の式が執《と》り行《おこな》われる。

「……緊張、しているか？」

「ええ。……フリード様も？」

「アイスドラゴンと対峙《たいじ》した時よりも緊張している」

「まぁ……！」

それがどれほど緊迫した場面であるかを想像して、小さく笑う。

領主館の中庭に設けられた簡易の式場。中央の道を、新郎新婦で並んで歩く。

左右からは気安い冷やかしの声が掛けられ、厳《おごそ》かとはほど遠い雰囲気の中、けれど、隣を歩くフリードの顔から強張りが取れることはない。

（……大丈夫、かしら？）

この場に集《つど》うのは彼の身内、タールベルクの住人だけ。まずは、嫁《とつ》いだこの地の人々への披露目として挙げられる式だ。タールベルク、ウィンクラー両家としては、更に半年後、王都での挙式が決まっている。

新婦の己よりよほど緊張しているフリード。その硬さは、エスコートしてくれる腕のぎこちなさにも表れている。ひたすらに前を見据《みす》えて歩く彼をこっそり盗み見て、その横顔の精悍《せいかん》さに、自然、胸が高鳴った。

（……もう、どうして、今さら）

嫁《とつ》いで既《すで》に半年。夫婦としての日々を過ごしてきたはずなのに、今日もまた、この人を好きだと思う。彼の隣にいられる幸せに胸が苦しくなる。

一人で勝手に感極まって溢《あふ》れそうな目の奥の熱を、瞬《まばた》きで散らす。

二人並んで神父の前に立つと、手を添えている腕の硬さが少しだけ緩《ゆる》んだ。

ぎこちなさを隠せていない新郎新婦相手であろうと、さすがに神父は慣れたもの。こちらの落ち着きを待ってから、最初の一言を発する。

刹那《せつな》、背後から悲鳴が上がった。

「キャァアアッ‼」

「誰だっ⁉」

「賊か、捕らえろ！」

とっさに振り向くと、たった今、そこを通ってきた白い通路に人だかりができている。その中心の人物を、どうやら、列席者たちが取り押さえようとしているのだが――

「クリスティーナ様！」

男たちに囲まれた彼が、こちらを見て笑う。次の瞬間、彼の姿が宙に消えた。

「なっ⁉」

「えっ⁉」

消えたと思う間もなく、何もない空間から再び彼が現れる。こちらの手の届く距離で笑って――

「クリスティーナ様、見た？　見た？　今のちゃんと見てくれた？」

「……パウル」

「『転移術』、とうとう完成したんだ！　本当はもっと早く完成させたかったんだけど、転移術って研究している人が全然いなくて。理論構築から一人でやんなきゃいけなかったから、こんなに時間掛かっちゃった！　でもでも、すごいでしょ。僕、頑張ったでしょ⁉」

満面の笑みで誇らしげに語る彼の姿には、まだ幼さが残る。だけど――

「やっと会えた！　ずっと、ずっと、会いたかったんだ！」

既視感のある笑み。構図や台詞回《せりふまわ》しまで同じ。

（ああ……っ！）

あの日、夢見たものが、今、目の前にある――

「……あれ、クリスティーナ様？　大丈夫？　ごめん、僕、びっくりさせすぎた？」

言葉の出てこない己に、焦《あせ》った様子のパウルが周囲を見回す。そこで漸《ようや》く、自分が周囲に警戒されていることに気付いたらしい。パウルを知るフリードも、警戒を解いていない。

案じてくれるフリードに緩《ゆる》く首を振って「大丈夫だ」と告げ、パウルに向き直る。

「……陛下へのご報告は？」

「報告って、転移術のこと？　まだだよ」

「すぐに報告なさい」

「えーっ!?　折角、クリスティーナ様に会いに来たのに？　……そのために作ったのに」

転移術など、一個人の発明で終わらせていいものではない。世界の常識、情勢を大きく変える魔術。秘匿《ひとく》したと疑われる前に、国へ報告する必要がある。

「私もすぐに王都へ向かいます。陛下の許可を得たら、この術を王都とタールベルクに常設してほしいの。……陣の構築、できるでしょう？」

「できるけど。人使い荒いなー。少しくらい褒めてくれたっていいのに」

「褒める？」

「そうだよ！　僕、結構、すごいことやったと思うんだよね！　クリスティーナ様が辺境は遠いって言うから、どうやったら会いに行けるかすっごく考えてかなり無理したし、頑張ったんだよ!?」

言《い》い募《つの》るパウルの言葉は――その言い方もあって軽く聞こえるけれど、決して大袈裟《おおげさ》ではない。

そもそも、己の予想では、彼が転移術を完成させるのはもっと先になるはずだった。

『蒼穹《そうきゅう》の輪舞《ロンド》』において、「会いたかった」と、彼がヒロインのもとへ転移術で跳んでくるラストシーン。描かれていたのは、今よりも大人びた彼が、今と変わらぬ笑顔で笑っている姿。

その未来を飛び越えて、彼はこの場に立っている。彼の言う「頑張り」は相当のものだろう。だけどまだ、彼の望む言葉は口にしない。代わりに、傲然《ごうぜん》と笑って告げる。

「貴方なら、これくらいやってみせると思っていたわ」

「えっ？」

「称賛するほどのことでもないでしょう？　本気で私の称賛を望むなら、更なる術の向上を目指しなさい」

「向上って……、え、本気？」

パウルが引きつった笑みを浮かべる。それに、「当然」と答えた。

「転移できるのは、人一人なのでしょう？」

「うん。まぁ、そうだけど……」

落ち込み始めたパウルには悪いけれど、彼ならばと思うからこそ、求めてしまう。

「千の人を運ぶ転移陣を作りましょう」

「千っ⁉　無茶だよ……っ！」

「無茶ではないわ。貴方ならやれる。やってもらわなくては困るの」

だからお願いと告げると、パウルの表情が真剣味を帯《お》びる。

「困る？　クリスティーナ様が困るの？　……だったら、やる。頑張ってみるよ」

熱の宿った瞳を向けられ、万感《ばんかん》の思いが込み上げる。彼の手を取り、握り締めた。

「ありがとう……」

無理を強《し》いている。それでも、「やる」と口にしてくれた彼へ、最大級の感謝を――

「……私は、十六年前の悲劇を繰り返したくない。いつかまた、この地に大侵攻の災禍《さいか》が訪れた時、この地を護《まも》る術《すべ》が欲しい」

目線の変わらぬ彼に伝える。

「パウル。この地のため、この国のために、貴方の力が必要だわ」

「僕の……？」

「ええ、そうよ」

彼一人の力では難しい。タールベルクと王家、ウィンクラーも巻き込んでの国家事業となるだろう。

それでも、起点はパウル。

あの日、泣きながら見上げる彼に、己が望んだ未来――

隣で見守るフリードを振《ふ》り仰《あお》ぐ。

「作りましょう、フリード様！　王都だけでなく、近隣領地を繋ぐ輸送網を。この地に、千の騎士、万の物資を運ぶ術《すべ》を……！」

◆◆◆

一拍、呼吸を詰めて、深く吐き出す。

「……あの、フリード様？」

周囲の静寂の中、先ほどまでの果敢さが嘘のように、クリスティーナが戸惑《とまど》いの声を上げる。

それはそうだろう。彼女の振り返った先、周囲を囲む親衛隊の手には物々しい武器。彼女から見えない角度では、ウェスリーが暗器を構え、トマスが魔物捕縛用の魔術を編《あ》み上《あ》げている。

(無粋《ぶすい》だな……)

ハレの舞台に似つかわしくない雰囲気。だが、これが辺境だ。

手を振って合図を送ると、周囲の空気が緩《ゆる》む。各々《おのおの》が武器から手を離した。改めて、空《くう》から現れた少年に目を向ける。その顔と魔力には覚えがあった。

(花嫁強奪の狼藉者《ろうぜきもの》かと思いきや……)

パウル・カルステンス。彼はどうやってこの場に現れたと言ったか。そして、純白のドレスを纏《まと》う彼女は、彼の言葉になんと返したか。

――千の騎士、万の物資。

祝福される花嫁らしからぬ言葉に、込み上げるものがある。

それは、あの日、どれだけ望んでも得られなかったもの。散りゆく命を前に、期待し、待ち望み、信じた末に、届かなかった希望。

それを今、辺境を知らぬはずの最愛がこの地にもたらそうとしている。

込み上げたものが溢《あふ》れ出《だ》さぬよう、天を仰《あお》いだ。

(見えているだろうか……、聞こえているだろうか……)

この地のために散っていった数多《あまた》の命。彼ら彼女らに、この福音《ふくいん》は届いただろうか――?

役目を終えた鳥たちが、蒼穹《そうきゅう》に円を描いている。下ろした視線、広がる光景にこの地の未来を見る。

「クリスティーナ……っ！」

「え？　キャアッ！」

抑え切れない想いのまま、彼女の柔らかな肢体を抱き締めた。途端、周囲から歓声が上がり、今が式の最中だと思い出す。

（ここに誓おう。他の誰でもない、最愛の貴女に……）

己が力の全てを以《もっ》て、貴女の進む道を護《まも》らん。だからどうか、貴女は貴女の心のままに。

懐《ふところ》深《ふか》くに閉じ込めたクリスティーナが、抜け出そうと身動《みじろ》ぎする。

その存在が愛《いと》おしく、死が二人を別つとも、この手はもう離せそうにない。

後日談集　それぞれの未来

後日談一　積み重ねる悔恨《かいこん》の先に

「……長らく、お世話になりました」

「ああ。貴公の王都での活躍を期待している」

「は。……それでは、失礼いたします」

半年間、この地で世話になった騎士団の副長に頭を下げ、執務室を出る。

見送りに出向いてくれた顔見知り数人に別れを告げ、王都より苦楽を共にする愛馬に跨《また》がった。

常歩《なみあし》での歩み。城門を出て、主《あるじ》不在の館を振り返る。知らぬ世界を知り、自身の非力を恥じたこの地への感謝を込めて館に目礼し、駆け出した。

草原を渡り、人気《ひとけ》のない道をひた走る。胸中に去来《きょらい》するのは、この地への未練。

人並みでは在《あ》れた。魔を屠《ほふ》る感覚にも慣れた。だが、どうしても届かぬ頂《いただ》きがあった。

(どれだけの修練を積めば、あの強さに辿り着けるのか……)

妬心《としん》を抱くことさえ許されぬ存在に、それでも疼《うず》く思いがある。

この思いの根底にあるのは――

「っ⁉」

渡る草地の先に、人影が見える。馬首を転じ、丘を駆け上った。

近づく集団の先頭に、黒馬の巨体を見る。馬上には、十日前、同じ姿でこの地を発った男の姿。彼への感謝と別れは既《すで》に伝えてある。今はもう、彼の前に姿を見せることは許されない。男の後ろ、続く馬車が通り過ぎるのを見送った。

（……クリスティーナ）

一瞬だけ車窓に煌《きら》めいた白金は、はたして、彼女のものか。あるいは、己の願望が見せた幻《まぼろし》か。いつかまた、その輝きを目にする日は来るのであろうか――？

「……遠いな」

この地も、彼女の地位も遠い。最早、この手の届かぬ場所に在《あ》る。

馬首を巡《めぐ》らせ、丘を駆け下りた。

王都へ。

この地にわずかばかりの未練を残し、在《あ》るべき場所へ帰る。


「――あら？　ギレス様。お久しぶりでございます」

「なっ⁉　クリスティーナ様！　何故《なぜ》、貴女がここに？」

アレクシス殿下の近衛《このえ》の職を辞し、己の希望で入った第三隊の演習場。野戦を中心とする荒くれどもの集う場所に、凛《りん》とした一輪の花が――

「……息災か？　ギレス殿」

クリスティーナとの会話を遮《さえぎ》るように、辺境伯の声が割って入った。慌てて、姿勢を正す。

「閣下！　ご無沙汰しております」

「ああ。第三隊《ここ》で貴公に会うとは思わなかった。……クリーガー候からは殿下の近衛《このえ》に戻ると伺っていたが」

「は。辞退いたしました。いまだ修練の身、己にはすぎた役目かと……。殿下にはお傍《そば》を離れるお許しを頂いております」

「……なるほどな」

唸《うな》るようにそう言って、辺境伯は「失敗した」と呟《つぶや》く。その声の重さに、背筋を冷たいものが走った。

辺境伯のみが視界に入るよう、身体ごと大きく向きを変える。白金がその毛先すら視界に入らぬように。

「閣下！　本日は、第三隊へどのようなご用でいらっしゃったのでしょうか？」

「ああ。私の用ではない。……妻の付き添いだ」

「っ！　辺境伯夫人のご用件とはっ？」

緊迫感のある会話に、冷や汗が流れる。不機嫌に引き結ばれた辺境伯の唇が開いた。

「王宮からタールベルクへ、転移陣が敷かれたのは聞いているか？」

「は！　父より、概要は聞かされております」

国家事業だというそれには機密が多い。己が聞かされているのは、陣を用いての転移であり、辺境へ瞬時に移動できるということくらいだ。

「……あの、もしや、閣下と夫人は転移陣でこちらへ？」

「そうだ。現段階で、最大五名での転移が可能になっている」

聞いて良いのか分からぬ情報に、曖昧《あいまい》に頷《うなず》いて返す。その話が第三隊にどう繋がるのか。辺境伯の言葉を待つと、彼が言《い》い辛《づら》そうに口を開く。

「……転移陣を用いて、王宮騎士団のタールベルク派遣を計画している」

思わず、息を呑んだ。

「辺境での魔物相手の実戦経験を積むため、まずは、第三隊からの派遣を検討しているが……」

「私を！　どうか、私を行かせてください！」

彼《か》の地《ち》を離れて一年足らず。かつて見た武の頂《いただ》きは、いまだ遠い。あるいは、「彼《か》の地《ち》においてならば」、「この男のもとでならば」と夢見てしまう。

辺境伯は逡巡《しゅんじゅん》する様子を見せ、傍《かたわ》らのクリスティーナを見下ろす。釣られて彼女に視線が向くが、今度は咎《とが》められなかった。

「……騎士の派遣に関して、タールベルク側の責任者はクリスティーナだ。貴公が望み、彼女が許すならば、私が口を挟むことはない」

「本当ですか!?」

辺境伯の言葉に希望を得る。期待と懇願《こんがん》を込めた視線を向けると、小さく首を傾《かし》げたクリスティーナが笑った。

その美しさに、思わず、息を呑む。

こんな顔で笑う彼女を、自分は知らない。雪解けを思わせる柔らかさ、慈愛に満ちた聖母がごとき眼差《まなざ》しに、新たな悔恨《かいこん》が生まれた。自分は、一体、彼女の何を見ていたのかと。

悔やむ己に向かい、彼女が口を開く。零れ出た甘やかな音色が、耳朶《じだ》を打った。

「遠慮してくださる？」

「え……」

身体が固まる。言葉の意味を理解するのを拒み、脳が思考を停止した。

動けない。

だが、もしや、己の聞き間違いではないかと、動かぬ舌を必死で動かす。

「……辺境伯夫人、今、なんと？」

「遠慮してくださる？」

願い虚《むな》しく、疑問の形をした拒絶を繰り返された。胸が締め付けられるような痛みを覚える。

「……なぜ、でしょう？　何故《なぜ》、私では駄目なのですか？」

みっともない足掻《あが》きに、彼女の柔らかな笑みが深まった。

「今回の派遣の目的は、王宮騎士の皆様に辺境を知っていただくことにあります。ギレス様は既《すで》にタールベルクでの経験をお持ちでしょう？」

「ですが……っ！」

「複数回の派遣を計画しておりますが、なるべく多くの方に辺境に来ていただきたいのです。有事の際に駆けつけてくださる方々に魔物討伐の経験があれば、非常に心強いですから」

「それは、確かに……」

彼女の意図を理解すると同時に、自身の浅慮《せんりょ》を恥じる。

辺境の護《まも》り、彼《か》の地《ち》の強さを願う彼女に対し、自身の欲、個としての強さを追及しようとした己の、なんと矮小《わいしょう》なことか——

「……ご無理を、申し上げました」

「いいえ。お分かりいただけたなら良かったですわ。……辺境を望んでくださるギレス様のお心には感謝しております」

こちらを慮《おもんぱか》る言葉に対し、頭を下げる。そのまま別れの言葉を口にした。

互いの健勝《けんしょう》を祈り合い、逃げ出すようにしてその場を後にする。背後の存在を意識すると、何度目か分からぬ痛みが胸を突いた。

（遠いな……）

思い知るは彼我《ひが》の距離。少しも縮まる気がしない。

今はただ、辺境の人と成りし彼女の、その幸福を願うばかりだった。

◆　◆　◆

「……これで、良かったのか？」

「はい」

去りゆく背を見送って、隣に立つクリスティーナを見下ろす。

穏やかに笑う彼女の瞳に憂《うれ》いはない。なのに、その瞳に罪悪感を抱いてしまうのは、己に罪の意識があるからだ。

「……貴女には報告していなかったが、ギレス・クリーガーのタールベルクでの活躍には目覚ましいものがあった」

報告しなかったのが故意だとは言えず、そっと顔を逸《そ》らす。

「だから、その……、彼を再びタールベルクに迎えることは、領騎士団としては歓迎するところ、ではある……」

(個人としては、妻に懸想《けそう》する男などまったくもって歓迎しない、が……)

他の騎士に交じって訓練を始めた男に視線を向ける。他とは隔絶した動きを見せる男に諦念《ていねん》のため息が漏れた。

「……クリスティーナ、彼はタールベルクにとって大きな力となる。領騎士団長としては、彼の派遣を希望する」

己の感情――主に、妬心《としん》から来る忌避《きひ》を呑み込んで、そう提言する。クリスティーナが先ほどギレスに向けたのと同じ笑顔を見せた。

「却下します」

「っ！　だが、彼は本当に……」

「いくらフリード様のご希望でも、これぱっかりは却下いたします。派遣に関しては私に一存してくださるのでしょう？」

「そ、れは、もちろん、貴女の判断に任せるが……」

彼女の拒絶に何やら固い意思さえ感じて、はたと気付く。途端、焦燥《しょうそう》に駆られた。

「すまない、クリスティーナ！　私の配慮不足だった！」

「え……？」

彼女が平気な素振りを見せていたため、失念していた。だが、確かに一度、彼女は口にしていたではないか——

「ギレス・クリーガーに対する恐怖心がまだ残っているのだな？　すまない、恐ろしい思いをさせた。すぐに、奴が視界に入らぬ場所へ……！」

言って、嵩張《かさば》るドレスごとクリスティーナを抱え上げる。驚いたように見開かれた目と目が合い、その近さにクラリとした。

思わずその瞳に引き込まれそうになるのをグッと堪《こら》え、歩き出す。クリスティーナの腕が、体勢を崩さぬように己の首へ回った。胸元から、恥じ入るような小さな声が聞こえる。

「あの、フリード様、人前でこのような姿は少々……」

「大丈夫だ。日差しに体調を崩したことにでもしておこう」

いや、実際、ギレスのせいで気分が優《すぐ》れぬであろう。であれば、彼女を抱き上げるのは適切な措置。どこにも問題はない。

「……フリード様、どちらへ向かわれているのでしょうか？」

「第三隊の隊長室だ。打ち合わせがあるのだろう？」

己の言葉に、一瞬、クリスティーナの顔から表情が消えた。「このままで？」と不安げに呟《つぶや》く彼女の言葉を拾い、もう一度、「大丈夫だ」と告げる。安心できるよう、目線を合わせてしっかり頷《うなず》くと、彼女の顔がそっと伏せられた。

「ご心配いただいたようですが、フリード様が案じられるようなことはありません。ギレス様のことは、もう、なんとも……」

「本当に？　では、ギレス・クリーガーの派遣を拒んだのは……？」

無理をしているのではないかと、伏せられた顔を窺《うかが》う。それに、困ったような笑みが返ってきた。

「ギレス様をタールベルクへお呼びしないのは、彼がクリーガー候のご子息だからです」

「何か、問題があるのか？」

「問題というより、少々、障《さわ》りが。クリーガー候は第一隊の長でいらっしゃいますから、ギレス様が第三隊を選ばれた上にタールベルクへの派遣ともなれば、さすがにご不興を買うでしょう」

苦笑を浮かべるクリスティーナに、「なるほど」と頷《うなず》く。言われてみればその通りだと納得していると、彼女の瞳が悪戯《いたずら》っぽく煌《きら》めいた。

「ご不興を買う以外にもう一つ、大きな理由があります」

上目遣いで微笑《ほほえ》まれ、自然と鼓動が速くなる。

「クリーガー候のご子息を辺境に引き抜く、……というわけにもまいりませんでしょう？」

告げられた言葉の不穏さに、違う意味で心臓が跳ねる。

クリスティーナが迂闊《うかつ》にそのような発言をすることはないと分かっていても、思わず、周囲の気配を探った。

「今回の派遣を通して、王宮騎士の勧誘を考えております。退職後に領騎士となられる方はいらっしゃっても、辺境まで来てくださる方はなかなかいらっしゃいませんから」

派遣を機に辺境の戦力確保の可能性を探りたいと言うクリスティーナに、ホッと息をつく。

(思ったほど、過激ではなかったな……)

ギレスを拒否したクリスティーナの動機に納得がいき、同時に、彼をクリスティーナに近づけずに済む正当な理由を手に入れた。

己としては、それで十分に満足する結果だが――

「……それに、過去とはいえ、求婚までされた方に近寄ろうとは思いません」

ポツリと呟《つぶや》いたクリスティーナが、己の首に回している腕に力を込める。

ピタリと身体を寄せられ――態《わざ》とだろうか、顔が見えなくなる。小さくくぐもった声が、胸元から聞こえた。

「……フリード様に誤解されたり、嫌われたりするのは、嫌です」

「クリスティーナ……ッ！」

瞬間、沸騰《ふっとう》した想いに任せて、彼女の顔を覗き込む。それを拒否するかのように、クリスティーナはますます己の胸元に顔を埋めてしまった。

「クリスティーナ、頼む、顔を！　顔を見せてくれ！」

「……嫌です。……恥ずかしいから、見ないでください」

「そんなっ……！」

嫌われたくないと甘えるクリスティーナの恥じらう顔。

そんな貴重な表情、見逃すわけにはいかない。なんとしてでも見たいと渇望するが、彼女に無理を強《し》いることはできない。

己はこの日初めて、婚姻の日の誓いを後悔した。タールベルクの未来を語る妻に、「貴女の心のままに」と誓った自身の言葉を――

後日談二　正道《せいどう》を行く

「私には、既《すで》に想いを捧《ささ》げた方がいる。君は名目上の妻、君と子を成《な》すつもりはない」

婚姻の夜、披露目での務めを果たし、漸《ようや》く解放された時間。日中にこなせなかった執務を終えて戻った自室に、いるはずのない人物の姿を認めて嘆息する。

重くのしかかる気鬱《きうつ》と疲労が、今日、己の妻になった女――テレーゼへの煩《わずら》わしさに変わる。

「私が君に求めるのは公爵夫人としての差配《さはい》だ。妻としての役目は求めない。……婚約時に、そう契約を交わしたはずだが？」

「ええ、確かに。ですが、それでは、この家の跡目はどうなさるおつもりです？　血筋の確かでない者を、歴史ある公爵家に入れるわけにはまいりませんでしょう？」

媚《こ》びた視線を向けられ、辟易《へきえき》する。

薄い夜着に身を包み、それを目的として訪れたことが一目で分かる妻の姿に、嫌悪こそあれど、情動は生まれない。

「君が跡目を気にする必要はない。いずれ、時を見て、他家より養子を迎えるつもりだ」

そう口にして、披露目の席で仲睦《なかむつ》まじい様子を見せていた妹夫婦の姿を思い出す。

あの様子ならば、そう時を待たずに多くの子に恵まれるであろう。その内の一人を、ウィンクラーに迎えることが理想ではあるが――

（……彼のほうは、良い顔をしないであろうな）

妹に惜しみない愛情を注ぐ辺境伯が、妻との子を手放さないであろう未来は容易《たやす》く想像できる。だが、その時はその時だ。最善は成らずとも、他に血筋の者はいる。

「……部屋へ戻れ」

「ですが、ユリウス様……！」

抵抗する妻の顔が大きく歪《ゆが》む。

怒りか、憎しみか。新婚初夜の寝所に似つかわしくない顔で対峙《たいじ》する我々は、おそらく、似合いの夫婦なのだろう。

「二度は言わん。契約が守れぬのであれば、今後、君の自由を禁じる。……屋敷内であろうとだ」

「そんなっ⁉　横暴だわ……！」

既《すで》に外出の自由を禁じているテレーゼの顔に驚きが広がり、更なる憎しみの目を向けられる。だが、それ以上の抵抗はなく、彼女は頭を下げた。

「……承知、いたしましたっ！」

その口調に彼女の不服がありありと伝わってくるが、指摘せずにやり過ごす。

顔を上げたテレーゼは荒々しい足音で部屋を出ていく。一人きりの部屋に深いため息が落ちた。

「……私は何をやっているのだろうな」

歩むと決めた道が、ひどく虚《むな》しいものに思えた。

王宮での執務の合間。アレクシス殿下の御前を離れ、一息をつくためにいつもの場所へ向かう。王宮に数ある庭園の内、亡き王妃が愛したとされる奥庭は、その規模の小ささもあり、訪れる者が滅多にない。

だからこそ、錯覚してしまったのだろう。

人に知られぬこの場所でソフィアに初めて遭遇した時、柄《がら》にもなく、運命などという言葉が浮かんだ。それまで、話はすれど常に距離のあった彼女に、これで一歩近づけると思ったのだ。

(……愚かだな)

結局、望んだ結果は得られず、彼女は最早、手の届かぬ存在となった。

そんな相手に捧《ささ》げる想いなど、愚の極み、愚かにもほどがあると自嘲《じちょう》するが――

(それでも、この想いが揺らぐことはない……)

もう二度と、誰にも、彼女を想うのと同じ想いは抱けない。そう確信するほどには、己のことを理解している。

(……生涯、誰かを想う日など訪れないと思っていたのだ。届かぬとはいえ、この想いを持てたことこそが幸《さいわ》い)

目の前、花の落ちた低木に、あの日咲いていた薄紅《うすべに》の薔薇《ばら》の幻《まぼろし》が見える。

風が吹き抜けていった。

ふと、声が聞こえた気がして振り返る。その音もまた幻《まぼろし》やもしれぬと思いつつ、振り返った先に、彼女がいた――

「……お久しぶりです。ユリウス様もいらしてたんですね」

「ソフィア、様……」

「ユリウス様も休憩ですか？　ご一緒しても？」

誘いに「諾」と答えるも、久方ぶりに目にしたその姿、その声に、心が疼《うず》く。

卒業の祝賀会、衆人環視で取り乱して以来、彼女が人前に姿を現すことはなくなった。今はまだ妃として未熟と判断され、華燭《かしょく》の典《てん》を先伸ばしての準備期間であると、殿下より聞いている。

「あ、そうだ。ユリウス様にお伝えしなくちゃと思ってたんです。ご結婚おめでとうございます」

「……ありがとうございます」

己の婚姻を祝う彼女の言葉が、胸に刺さる。それを表に出す無様は晒《さら》さねど、感謝を返す自身の声がひどく遠くに聞こえた。

「……本当は、私、ユリウス様の結婚にちょっと驚いてたんです」

「驚く、ですか……？」

「はい。……えっと、ユリウス様とテレーゼ様は想い合ってらっしゃるようには見えなかったというか……」

「ええ。政略による婚姻ですので」

想い合っての婚姻など、元より望むべくもない。ただ、それを彼女の前で言葉にすることが、こんなにも苦しい――

「やっぱり、そうなんですね？　良かった。良かった！」

「……良かった？」

「あ、ご、ごめんなさい！　良かったって、そういう意味じゃなくて、ただ、私……」

言って、困ったように目を伏せる彼女の言葉の続きを待つ。

「……その、テレーゼ様には嫌われているから。もしかして、テレーゼ様と結婚されたユリウス様にも嫌われてしまったんじゃないかなぁって心配で……」

不安げな声に、口を衝いて出そうになった言葉を呑み込む。

「……私は陛下の臣、いずれ、アレクシス殿下を王と戴《いただ》く身です。ソフィア様に対し、私的な感情を抱くことはありません」

「え……、でも、友達として……」

「なりません。ソフィア様はアレクシス殿下に並ぶ御身。私のことは、一臣下と思《おぼ》し召《め》しください」

「そんな……。それじゃあ、今までみたいに、色々教えてもらえないんですか？　……いつも、ユリウス様の助言に助けられてたのに」

彼女の零した一言に、満たされるものがあった。身体の芯が熱くなる。

(助けになったと、そう言ってくれるのか……)

煩《わずら》わしい苦言を繰り返した自覚はある。彼女を想っての言葉とはいえ、恐れられ、距離を置かれることに平気ではいられなかった。

それが今、彼女の言葉によって救われた。己の献身は無駄ではなかったのだと。

ならば、もう、躊躇《ためら》うことはしない。

己の選んだ道を、最後まで行こう。

頼りなげに瞳を揺らすソフィアに、深く腰を折る。

「ウィンクラーは国の護《まも》り、妻テレーゼと共に、殿下とソフィア様の治世を、臣としてお支えしてまいります」

「……それって、ユリウス様はこれからも味方でいてくれるってことですか？」

「いつでも、この身はお二方のために……」

「そっか、そうなんだ……。良かった、すごく安心しました。私、ユリウス様にも見捨てられちゃったって思ってたから！」

素直に心情を吐き出す彼女の姿に、小さな満足を覚える。笑顔の戻った彼女が、「それじゃあ、そろそろ」と別れを口にした。

「私、まだまだ、やることがたくさんあって大変なんですけど、頑張れる気がしてきました。ユリウス様のおかげです！」

「それは……、お力になれたのでしたら、幸いです」

「はい！　今日、ユリウス様とお話できて良かった！」

そう言って立ち去ろうとする彼女に、一つだけ、どうしても聞かずにおれなかった問いを口にする。

「ソフィア様は、その木に咲く薔薇《ばら》の色を覚えておいでてでしょうか？」

「薔薇《ばら》？」

指し示した先を彼女が振り返った。その先には、花のない低木がある。

「……うーん、ごめんなさい。覚えてないです。……あの、この薔薇《ばら》がどうかしたんですか？」

「いえ、何も……。失礼しました。どうか、お気になさらず」

頭を下げると、一瞬の戸惑《とまど》いを笑みに変えて、彼女はこちらに背を向けた。去っていく後ろ姿を最後まで見送り、別れを告げる。

ここに足を運ぶことは二度とないだろう。その思いと共に、自身も庭に背を向けた。


「……え？　ソフィア様と二人きり、なのですか？」

王宮の廊下。

ソフィアの私室に案内される途中、同伴したテレーゼが戸惑《とまど》いの声を上げる。

彼女の問いに「言っていなかったか？」と尋ねると、憮然《ぶぜん》とした表情が返ってきた。

「伺っておりませんでした。そういう大切なことは、もっと早くにお伝えください」

「……人を集めての茶会は時期尚早故《ゆえ》、私的な茶会で予行をしたいとのお話だ」

呼ばれたのは夫婦そろってだが、己は執務の最中。テレーゼを送り届けた後は、アレクシス殿下のもとへ戻らねばならない。

私室の扉を前に、声を潜《ひそ》めて尋ねる。

「二人きりで、何か問題があるか？」

「……いえ、ございません」

彼女の答えに満足し、案内の侍従に開けられた扉の内へ進む。

「ユリウス様！」

入室と同時に、弾む声に出迎えられる。それに、頭を下げて応えた。

「ソフィア様におかれましてはご機嫌麗《うるわ》しく。本日のお招き、誠にありがとうございます」

「ううん、こちらこそ！　遊びに来てくれてありがとうございます！　どうぞ、こちらに座ってください」

茶会の主人としての彼女の言葉遣いには、いまだ公と私の使い分けの心許《こころもと》なさが目立つ。

チラリと、隣に立つテレーゼに視線を向けた。その淑女然とした態度に満足し、改めて、妻としての彼女を紹介する。

「本日、ソフィア様のお相手を務めさせていただきます、妻のテレーゼです」

「え、お相手？」

彼女の呟《つぶや》きを許しと取ったテレーゼが、膝を折り挨拶《あいさつ》を述べた。

「お招きありがとうございます。本日のお相手、精一杯務めさせていただきます」

「待って、相手って。……えっと、テレーゼ様が？」

「はい。先日、お伝えした通り、今後は妻ともどもソフィア様をお支えしてまいります。本日は妻が、ソフィア様の社交、妃教育のお手伝いをさせていただきます」

己の言葉に、戸惑《とまど》う様子だったソフィアの表情が固くなる。

「『妻が』って……。それじゃあ、ユリウス様は？」

「申し訳ありません。執務がありますので、ここで失礼させていただきます」

「嘘……。じゃあ、本当に、テレーゼ様と二人でお茶会をするってこと？」

「……何か問題がございますか？」

妻と同じ問いを口にしたソフィアにそう尋ねるが、彼女は答えを言い淀《よど》む。

妻は問題ないと判断していたが――

「……問題、というか、テレーゼ様とはあまり親しくないので……」

「ええ。社交には、当然、親しくない者との交流も含まれます。良い習練となるでしょう」

ソフィアは何を気に掛けているのか。分からぬままに思うところを返すと、彼女は口を噤《つぐ》んだ。

その反応に、己の答えが彼女の意に添えていないことは察したが、正解が分からない。

逃げるように、テレーゼの名を呼ぶ。

「後は任せる」と告げると、諾と答えが返ってきた。

「それでは、ソフィア様。御前、失礼いたします」

頭を下げ、辞去しようとしたが、扉を出る直前で呼び止められる。

「待って、ユリウス様！」

その声に振り返るのと同時に、テレーゼの制止の声が割って入った。

「お待ちください、ソフィア様。夫はお役目の最中。どうぞ、このまま御前を去ることをお許しください」

「テレーゼ様こそ、邪魔しないでください！　私はまだ、ユリウス様にお話があるんです」

そう返したソフィアの瞳がこちらを向く。

「ごめんなさい、ユリウス様。私のために考えてくださったんだと思うんですけど、でも、私、テレーゼ様と二人にはなりたくありません」

彼女の瞳が揺れ、テレーゼを窺《うかが》い見《み》る。

「……テレーゼ様と二人だと、何をされるか分からりませんから」

ソフィアの怯《おび》えに、妻が煩《わずら》わしいと言わんばかりのため息をついた。

「二人きりと仰《おっしゃ》いますが、部屋には侍女がおり、外には騎士が控えております。それで、一体、私に何ができると？」

「暴力はなくても、テレーゼ様はひどいことを仰《おっしゃ》るでしょう？　傷つけられると分かっている相手と話すことなんて、何もありません！」

「でしたら、なおさらのこと。社交の場に出れば、嫌味の一つや二つ、笑って躱《かわ》せるようになっていただかなくては」

テレーゼの嫌味混じりの言葉、垣間見《かいまみ》えた嘲《あざけ》りの表情に、嘆息する。

「……テレーゼ、そこまでだ」

「ですが、ユリウス様……っ！」

反発する妻と、縋《すが》る眼差《まなざ》しを向けるソフィアの間に割って入る。テレーゼがその顔を醜悪《しゅうあく》に歪《ゆが》めた。

「言わせていただきますが、ソフィア様の言動はあまりに稚拙《ちせつ》！　未来の国母たる自覚が足りません！　……これならまだ、クリスティーナ様のほうがどれだけましだったか」

「止《よ》せ……っ！」

ソフィアとクリスティーナを比する発言に、自身でも思わぬほどの怒りが湧いた。

隠し切れぬ怒りにテレーゼが怯《ひる》むのを見て、必死に激情を抑え込む。

「……テレーゼ、将来の妃殿下を前に、お前の行いは公爵家の人間として褒められたものではない」

「ですが、その私を妻にと望んだのはユリウス様です！　相応《ふさわ》しくないと仰《おっしゃ》るなら、何故《なぜ》、私を選んだのですかっ⁉」

顔を紅潮《こうちょう》させて憎々しげに吐き捨てる妻に、幾分か冷静になる。ソフィアの前で、愚かな諍《いさか》いをするつもりはない。

「クリスティーナがお前の資質を評価したからだ」

「え……？」

「だが、それもどうやら、買い被りだったようだな」

そう切り捨てると、テレーゼは屈辱《くつじょく》に満ちた顔で下を向く。

それでもどうにか彼女の口から謝罪の言葉を引き出し、ソフィアへの不敬を詫《わ》びた。

「ソフィア様、申し訳ございませんでした」

「ううん。いいんです。私も少し、焦《あせ》ってしまって。……テレーゼ様の言う通り、私じゃ、クリスティーナ様みたいに上手にできないから」

こちらの失態を許し、自身の不足を認める彼女の言葉に満足し、落ち込む彼女に言葉を掛ける。

「ご自身を卑下《ひげ》なさる必要はございません」

「ありがとうございます、ユリウス様。でも……」

「ソフィア様と我が妹では、そもそもの立ち場、求められるものが異なります。恐れ多くも、クリスティーナは殿下と同じ目線で国を導くことを求められておりました。その妹と同じであれなど、誰もソフィア様に望んでおりません」

「え……？」

虚を衝《つ》かれた様子の彼女に、頷《うなず》いて諭《さと》す。

「ウィンクラーが求める水準は、数年の妃教育でどうにかなるものではございません。ソフィア様が気に病《や》む必要はないと、ご承知おきください」

脈々と受け継がれてきた護国の家系。

その当主である父の――それから、今はもう疑いようもなく認めている妹の覚悟を侮《あなど》ることは許せない。

それが、他家から嫁《とつ》いできたとはいえ、己の妻であるならなおさらだ。

「……テレーゼ。二度と、ソフィア様とクリスティーナを比べるな」

「も、申し訳ありません……！」

妻の謝罪に首肯して返し、ソフィアへ視線を戻す。

「……ソフィア様、貴女の足らぬ部分は、我々、臣が補います」

殿下が彼女を妃にと望み、彼女はその望みに応えた。未熟を抱えた二人を支えると決めたのは己自身。

過分は求めぬ。

然《さ》れど、不足は補わねばならぬ。

「ですから、どうか、我が妻との交流を受け入れていただきたい。本日の茶会も、学びの場として活用されますよう、お願いいたします」

「……それが、私に求められていることなんですか？　嫌いな人とお茶することが、アレクシスのためになるって言うんですか？」

棘《とげ》のある彼女の言葉に、深く首肯する。

「妻の態度に不敬はあれど、その言《げん》は私も同意するところ。ソフィア様にはいまだ妃殿下たる素養が足りません」

「なっ、ひどい！　ユリウス様までそんなことを言うんですか……っ！」

「私の言《げん》がどうであろうと、事実は変わりません。御身《おんみ》のため、どうか精進していただきたい」

頭を下げ、詫《わ》びて願う。彼女ならば、己の言葉に現状を理解するだろうと信じて。

（……大丈夫だ。私の苦言を、『助けになった』と受け入れてくれた彼女ならば）

だが、その願いに返ってきたのは、蒼白《そうはく》な顔をしたソフィアからの拒絶だった。

「……無理です。今日はもう、気分が悪いので……」

「ソフィア様……」

「帰ってください。もう、帰って……っ！」

覆《くつがえ》されない拒絶の言葉を受け入れ、テレーゼを連れて部屋を辞す。

連れ出したテレーゼを馬車まで送る廊下の途中、彼女の口から呟《つぶや》きが零れた。

「……ユリウス様の想い人はソフィア様かと思っておりました」

それに返す返事を持たぬため、沈黙を貫《つらぬ》く。

そのまま、沈黙の内に馬車止めに着き、車に乗り込む妻を見守る。

扉を閉める前、こちらを気にする様子のテレーゼに、彼女の言葉を待った。躊躇《ためら》いがちに、彼女が問いを口にする。

「……先ほどの、クリスティーナ様が私の資質を評価なさったというのは、本当のことですか？」

それに「ああ」と答えて、妹がなんと言って彼女を評したか、その正確な言葉を思い出す。

「『性根はどうしようもなく腐っているが、公爵家の表向きを任せるには足りる』との評だった」

「っ⁉」

妻が息を呑む気配が伝わる。それきり、動きを止めた彼女が何かを言う様子はないため、馬車の扉を閉めた。

走り出した馬車が小さくなっていくのを漫然《まんぜん》と見送りつつ、ソフィアへの対応を自省する。

事《こと》を急《せ》いて彼女を追い詰めてしまった。だが、投げ出すことが許されぬ以上、いつかは自覚してもらわねばならぬこと。

(でなければ、ソフィア様諸共《もろとも》、殿下が沈んでしまう……)

そうなれば自《おの》ずと、己の行先も決まるだろう。

沈む時は共に――

ふと、遠ざかる馬車に意識が向く。

己が沈む時、彼女はどうするだろうかと考えて、すぐに益体《やくたい》もないことだと意識から消し去った。

後日談三　雪の下で

夫婦の寝室。赤々《あかあか》と燃える暖炉の前で、床に敷き詰められたレッドベアの毛皮の上に座り込み、手元の書簡をめくる。

胴周りに回された太い腕と、背中を包み込む熱に指先まで温められ、これ以上ない幸福に浸っていたが――

「……どうした、クリスティーナ？」

耐え切れずに零したため息の理由を、腕の主――フリードに問われる。

王都より届いた手紙。それに視線を落として答えた。

「……カトリナから、先日の聖夜祭の礼状が届きました」

「ああ、カトリナ嬢か。……当日は、あまりゆっくり話ができなかったのだろう？」

「ええ……」

それでも、手紙にはこちらからの挨拶《あいさつ》に対する礼と、「会えて良かった」の言葉が並んでいる。

その文章から浮かぶ彼女の笑顔の儚《はかな》さに、思い出が口を衝《つ》いて出てくる。

「……カトリナとは、幼少の頃からの友人、とまでは言えないかもしれませんが、家同士の付き合いで、幼い頃より交友がありました」

毎日のように顔を合わせるようになったのは学園に入学してからだが、在学中、己の一番親しい相手は間違いなく彼女であった。長い付き合いの中で、その人となりも理解し、置かれた環境も朧《おぼろ》げながらに気付いていた。

「……私は、カトリナがソフィア様に危害を加えているのを承知していました」

それが、「己のため」と、彼女が信じていることも。

「気付いていながら、あの子を止めなかった。カトリナがそうせざるを得ないと分かっていて、何も言わなかったんです」

止められたはず。でなければ、「やれ」と命じることもできた。けれど、己はどちらもしなかった。

ソフィアは殿下の傍《そば》に必要ない。排除すべき。そう思うのに、殿下がそれを許さない。殿下の意に添うならば、彼女を認めなければならない。

そのジレンマに、それでも彼女を必要と思えなかったため、目を閉じ、耳を塞《ふさ》ぐことを決めた。

そして、自ら責を負う覚悟もなくカトリナを黙認した己に、周囲はそういうことだと理解した。

その結果が、自身とカトリナの破滅だ。

「……今なら、分かるんです。事態が自分の手に負えなくなる前に、もっと殿下と話をするべきでした。あるいは、外に助けを求めることもできた」

父は失望したであろうが、助けてもくれただろう。

「私はずっとあの子に負い目があるんです。私の婚約破棄があの子の人生をくるわせた……」

自身の無力と中途半端な覚悟が招いた結果。守るべきものを守れずに、今なお、王都にて苦難を強《し》いている。

それを目《ま》の当《あ》たりにする度に、どうしても心が塞《ふさ》いだ。

「……遊びに来てもらうといい」

フリードの言葉に、顔を上げる。振り向きたいが、近すぎる距離に身動きがとれない。

「カトリナ嬢をこの地に誘ってみたらどうだ？　何はできずとも、共に時間を過ごし、話をすることはできるだろう？」

「……そう、ですね」

包み込む優しさに、前を向いたまま頷《うなず》く。

少し怖い。

だけど、確かに、話をすることはできる。してみたいと思う。

◆　◆　◆

新年を迎えて最初の社交の場。名ばかりの婚約者と共に、主催であるジェンダス伯爵家の歓待を受け、ここ最近にないほど「上手《うま》くいった」という手応えを得た。

風向きが変わってきていると感じた帰り道、馬車に揺られながら、意識は遠くの地に向かう。静寂を破ったのは、向かいの席に座る男——イェルクだった。

「今夜の成果はまずまず、といったところですね」

声に喜色を滲《にじ》ませる男に、「ええ」と頷《うなず》いて返す。

実際、今夜の夜会では、自分たちの醜聞《しゅうぶん》が「運命に引き裂かれながらも互いを想い合い続けた純愛」に成り代わっていた。社交界全体ではいまだ醜聞《しゅうぶん》である私たちの婚約が、わずかにでも受け入れられ始めた証《あかし》だ。

「ジェンダス伯に祝福していただけたのが一番でしょうね。今まで地道に顔を出し続けた甲斐《かい》がありました」

そう嬉々《きき》として告げる男に鼻白《はなじろ》む。

「本気で仰《おっしゃ》っているんですか……?」

「……どういう意味です?」

ムッとして返した彼に、やはりこの男は変わらないと、呆《あき》れのため息が漏れる。

「私たちの関係が認められたのは、先日の聖夜祭にて、クリスティーナ様からお声を掛けていただけたからです」

確かに、周囲の誹《そし》りに耐えながら、社交と呼ばれる場に顔を出し続けたのは事実だ。けれど、それは、周囲の評価を覆《くつがえ》すほどのものではない。あくまで、私たちの婚約が本物であると印象づけたにすぎず、醜聞《しゅうぶん》であることに変わりはなかった。

それが、純愛だなどと認められるようになったのは――

「全て、クリスティーナ様のおかげです。今をときめく辺境伯夫妻に喧嘩《けんか》を売るような高位貴族はおりませんから」

こちらの回答に、男が沈黙する。何も言い返さないのを見ると、どうやら彼もそれを事実と受け入れたらしい。

話はおしまいだと、何も見えない窓の外を見遣る。再び沈黙が続くだろうと思っていたが――

「……私たちの婚姻式についてですが」

そうサラリと告げられて、耳を疑う。思わず振り返った視線の先で、彼が満足げに頷《うなず》いた。

「日取りをいつにするか、父から催促《さいそく》を受けています。貴女が学園を卒業して半年ですから、そろそろ両家での話し合いを詰めていきましょう。一応、貴女の希望があるのなら……」

「婚姻はいたしません」

「は……？」

滔々《とうとう》と述べられる言葉を遮《さえぎ》ると、男は驚きの表情を浮かべた。その反応に、もう一度、自分の意思を示す。

「婚姻はいたしません。婚約は破棄、いえ、解消いたします」

「……貴女、自分が何を言っているのかお分かりですか？」

理解し難いという視線を向けられるが、こちらこそ理解できない男の発言に心が冷える。

「イェルク様が仰《おっしゃ》ったのです。『貴様のような女とは結婚しない』と、はっきりそう仰《おっしゃ》ったではありませんか」

「それはっ!?　……確かに、ですが、あの時と今では状況が違います」

「関係ありません。イェルク様の状況がどう変わろうと、婚約は解消していただきます」

切って捨てると、男の顔が引きつった。

「っ！　しかし、それでは、貴女はどうするつもりです？　二度も婚約を解消したとあっては、今後、貴女を望む家など現れませんよ？」

「イェルク様に心配していただく必要はございません」

「なっ⁉」

懐柔《かいじゅう》しようとする彼の言葉に首を横に振る。これは私自身の問題だ。それにもう、心は決めてある。

あの夜から既《すで》に一年、あの方が懸念《けねん》された事態には至らなかった。であれば、自分の役目は果たしたといえるだろう。

（……だから、もう、おしまい）

もう、これ以上は――

「……カトリナ？」

視界の隅に感じる視線が煩《わずら》わしい。締め出したくて、きつく目を閉じた。

◆　◆　◆

車内での沈黙を破れぬまま、帰り着いた家で、父と兄の出迎えを受けた。

招き入れられた父の執務室、こちらの不機嫌など意に介さず、父が酒杯を掲《かか》げる。

「……それで？　カトリナ嬢は婚姻の時期についてなんと？　できるだけ彼女の希望を優先すると、そう伝えたか？」

「いえ。それが……」

「ハァ。まったく、何をやってるんだ、お前は。カトリナ嬢がお前とこの家のためにどれだけ尽力してくれたと思っている……」

やれやれと首を振る父に真実を告げられずにいると、軽い調子で兄が割って入る。

「宰相家子息の窮地《きゅうち》を救い、北の辺境伯夫人に信を置かれている。彼女ほどの女性は、そう簡単に得られるものじゃないぞ？」

「窮地《きゅうち》と言いますが、それは元々、彼女が私を貶《おとし》めんとしたからで……」

「窮地《きゅうち》に陥《おちい》るお前が悪い」

断言する兄の言葉に、父が同意を示す。

「リッケルトの罠に嵌《は》まったのは、お前の慢心、脇の甘さが原因だ」

何度も繰り返された叱責《しっせき》に、反論の言葉を呑み込む。

頭では理解している。だが、心情的に認められない。訪れる場所のことごとくで、「ミューレン家の愚かな次男」として見られることも耐え難かった。カトリナにも、その不服は伝わっているだろう。

（……だが、この一年、彼女は私の態度に何も言わなかった）

黙って傍《そば》にいて、婚約者としての役目を果たした。己よりよほど「耐える」ことに慣れた彼女に、爆発しそうな場面を何度も救われている。どれほどの誹《そし》りも涼しい顔で受け流す彼女を見て、自身も冷静さを取り戻せたのだ。

だからこそ、今の彼女となら婚姻を結ぶのも悪くないと判断したのだが——

「……まぁ、いい。お前が頼りにならないのは分かった。婚姻に関しては、こちらからヘリング家に連絡を取ろう」

機嫌良く言う父の言葉に、暗鬱《あんうつ》な気分で頭を下げる。

「申し訳ありません。……カトリナには婚約の解消を望まれました」

「なんだとっ!?」

「あー……」

驚く父と対照に、何かに納得するように声を上げた兄が天を仰《あお》ぐ。二人の反応がいたたまれなく、逃げ出したくなった。

驚いていたはずの父が、早々に諦念《ていねん》のため息を漏らす。

「ハァ……、致し方ない、が、二度の婚約解消は致命的だ。おそらく、お前もカトリナ嬢も今後の良縁は望めんだろう」

理由を問うことも叱責《しっせき》することもなく、淡々と事《こと》を進める父に、焦《あせ》りを感じる。

「そんなに簡単に認めてしまわれるのですか……？」

「簡単ではないさ。だが、それがカトリナ嬢の意思ならば仕方あるまい。辺境伯夫人より頼まれているからな」

「え……？」

思わぬ人物の名に、虚を衝《つ》かれる。

「聖夜祭で夫人と話をする機会があった。改めて、一年前の礼を伝えたが、礼は要《い》らぬからカトリナ嬢の意思を尊重してやってほしいと言われたのだ」

「そんな、ことが……」

知らなかった。両者の間にそんな約束事が成されていたとは。父がクリスティーナと接触したことさえ聞かされていない。

（カトリナがクリスティーナを慕《した》っているのは知っていたが、彼女のほうもカトリナを気に掛けているということか……？）

クリスティーナの態度に、特段、そんな様子は見受けられなかった。彼女が殿下の婚約者であった頃ならまだしも、カトリナが彼女を裏切って以降は、むしろ、二人の関係は冷え切っていて――

（……いや、違う）

それこそ、聖夜祭で態々《わざわざ》、あちらから声を掛けてきたではないか。カトリナは「自分たちのため」と言ったが、あれはきっと「彼女のため」だった。

ならば、改善された自身の評判は、カトリナの恩恵によるもの。そう気付いて愕然《がくぜん》とする。

「……だが、まぁ、これで良かったのかもしれないな」

杯を呷《あお》る兄の言葉に、意識を引き戻される。

「お前、カトリナ嬢との結婚を露骨に嫌がってただろ？　そんなお前と結婚するよりは、家に残るか修道院に入るほうがよほど、彼女にとっては幸福かもしれん」

本気でそう思っているらしい兄の言葉に、心臓が嫌な音を立てた。

「イェルク、お前にとってもだ。お前なら、一生独身も気楽でいいだろう？　好きなだけ仕事に打ち込めるぞ」

魅力的なはずの兄の言葉に、けれど、頷《うなず》けない。

カトリナとの婚姻は決定事項だと思っていた。そこに己の意思は関係なく、強制されるものだとばかり――

「父上っ！」

「なんだ？」

「時間をください。もう一度だけ、カトリナと話をさせてください……！」

話をしてどうしたいのか。自分は彼女に何を望んでいるのかも不確かなまま、そう口にした。

胸にあるのは焦燥《しょうそう》。このままではきっと後悔する。漠然とした不安を抱いて願った言葉に、父は静かに頷《うなず》いた。


「……カトリナ。貴女に頼みがあります」

「なんでしょう？」

夜会からの帰途。二人きりの車内で漸《ようや》く覚悟ができた。今までにない緊張を感じている。

「その……」

言いかけて、やはり言葉が出てこず、気持ちが焦《あせ》る。

（クソッ……、私は一体、何をやっているんだ……）

行きの車中からずっと、夜会の最中でさえ、彼女に話をする機会を窺《うかが》っていた。これ以上、機会を失うわけにいかず、どうにか伝えようと口を開いたはずが――

「……婚約の解消に関するお話でしょうか？　であれば……」

「ち、違います！　私は……！」

一人で話を進めようとするカトリナの言葉を慌てて遮《さえぎ》る。勘違いはされたくない。

彼女に婚姻を拒まれてから、ずっと考え続けた自身の思いを口にする。

「私は貴女との婚約を解消したくありません」

「……どういう意味でしょう？『したくない』とは、時期のお話ですか？　それとも、解消の条件に問題が？」

「いいえ。言葉通りの意味です。……私は貴女との婚姻を望んでいます」

最後まで言い切って、大きく息を吸う。

「ですが、まずは、貴女に謝罪を。貴女に対する私の今までの言動、以前の婚約破棄について、謝罪させてください。……本当に、申し訳ありませんでした」

言って頭を下げる。だが、カトリナからはなんの反応も返ってこない。

不安を覚えて顔を上げると、彼女はわずかに眉間《みけん》に皺《しわ》を寄せ、こちらを見つめていた。

「……何故《なぜ》、今さら謝罪など」

「貴女とちゃんとした婚約を結びたいからです」

そして、その先も。彼女と共に歩むことを望んでいる。

「私は貴女を疎《うと》んじ、侮辱《ぶじょく》しました。心ない言葉で貴女を傷つけた。それをなかったことにはできませんし、今すぐ許してほしいとは言いません」

カトリナの温度のない瞳を見つめ返す。

「貴女に婚約解消を願われてから、考えました。考えて、気付きました。……この一年、私はずっと貴女に助けられていたんだと。貴女がいなければ、私はこの一年を乗り越えられなかった」

「……別に、私は何もしておりません。イェルク様のために何かしたわけでは……」

「ええ、分かっています。貴女は自分の役目を果たすため、クリスティーナ様のために、私の婚約者でいてくださった」

情けないが、そういうことなのだ。そこに、己への思慕《しぼ》など存在しない。それをやっと理解し、認めることができた。

「……それでも、私が貴女に助けられたことは事実です。視野の狭い私に、貴女は色々と気付かせてくれました。私の至らない部分を補ってくれた」

かつて、彼女に言われた言葉を思い出す。あの時、己が感じた恥辱《ちじょく》も怒りも見当違いのものだと、今なら分かる。彼女の言葉は正しかった——

「……イェルク様のお言葉は過分なもの。買い被りすぎです」

「そんなことはありません。貴女が認めなくても、私が、『貴女に助けられた』と感じています」

そして、助けとなれるほど、彼女は己のことを――不足部分を含めて、よく知っている。よく知るほど、己を見てくれていたのだ。

「……ありがとうございます、カトリナ。それから、本当に申し訳なかった。私は貴女の想いにもっと真摯《しんし》であるべきでした」

調子の良いことだとは思うが、今は己の不明を詫《わ》び、彼女の情けに縋《すが》るしかない。

「お願いです。どうか、私に挽回の機会をください。許さなくていい。責めてくれていい。それでも、私の傍《そば》にいてほしいのです。どうか……」

深く、頭を下げる。情けなくも、膝の上に置いた拳《こぶし》が震えた。誰かの想い――情けを乞《こ》うことがこんなにも恐ろしいとは。

かつての自身の行いが蘇《よみがえ》り、自らの首を絞める。息が苦しくて仕方ない。

下げた頭の向こうで、カトリナがフッと息をつく。彼女の、険の消えた声が聞こえた。

「イエルク様、私は……」

◇　◇　◇

暖炉の前、敷かれた毛皮の上に座る夫。その膝の上に乗せられた状態で、深いため息が漏れた。

「クリスティーナ……？」

案じるフリードの声に、ため息の原因――昼間に届いた手紙について話す。

「カトリナが婚約を解消したそうです」

「それは……」

眉を顰《ひそ》めた彼がなんと返すべきか迷う様子に、大丈夫だと首を横に振る。

「解消は本人の意思なので、それ自体は問題ありません。……ただ、ヘリング家ではかなり揉《も》めたのではないかと」

ヘリング家当主の暴力性を思うと気持ちが塞《ふさ》ぐ。

「宰相閣下とイェルク様が動いてくださり、今は、王都の教会に身を寄せているそうですが……」

己はまた何もできなかった。自身が押し付けた婚約だというのに、後から結果を知らされるだけ。

だが、今からでもできることはある。

「フリード様、カトリナがタールベルク領内の修道院に入る許可を求めているのですが……」

できれば許してほしい。力になりたいとの思いを込めて、フリードを見上げる。唇を引き結んだ彼が、真剣な顔で頷《うなず》いた。

「それは、もちろん、院の許可があれば構わない。俺が口を出すことではないからな」

「ありがとうございます！　……実家の援助は期待できないでしょうから、できるだけ助けになりたいのですが……」

正直なところ、彼女が本心で何を望んでいるのか、自分に何ができるのかが分からない。院への寄付や面会はできる。だが、彼女はそれを望むだろうか。

自分の判断に自信が持てず、動けなくなる。

不意に、身体に回されたフリードの腕の力が強くなる。

「……この家に呼ぶといい」

「え？」

「何も、修道院でなくともいいだろう。彼女と貴女が望むなら、カトリナ嬢をこの館に招くといい」

「ですが、それは……」

親族でもない未婚の令嬢を邸に置くという、この国の貴族社会の常識を外れた提案に、答えを迷う。

フリードの口元がフッと柔らかく緩《ゆる》んだ。

「カトリナ嬢にはもうなんのしがらみもないのだ。貴女たちの好きにすればいい。それで文句を言う者など、辺境《ここ》にはいない。いや、いたとしても黙らせよう」

言って、彼は片方の口角を上げて笑う。

「幸い、俺にはそれだけの権力《ちから》がある」

その声はどこまでも優しい。温かい腕の中で頷《うなず》いて、彼の身体を抱き締め返す。

「……手紙を、書いてみます」

断られるかもしれない。それでも、また何もできなかったと繰り返すのは嫌だから。

書いてみよう。明日、彼女に手紙を——

後日談四　階段《きざはし》

「……では、王宮側の要求は、一度持ち帰らせていただきます。来月、各領地の代表を集めて会合を行う予定ですが、回答はそれまでにご用意しておきます」

「ああ、任せた……」

そう言ってため息をついた男――アレクシス殿下の覇気《はき》のない顔を、そっと観察する。

ここ半年、転移陣敷設《ふせつ》の王宮側の代表として、殿下とは何度か顔を合わせていた。だが、いつ会っても、彼の顔色は悪く、目の下には隠し切れない隈《くま》がある。

「……お忙しそうですね、殿下」

打ち合わせが終わり、緊張感から解放された口が軽くなる。退出前の世間話のような一言に、殿下の視線が緩慢《かんまん》にこちらを向いた。

「辺境伯夫人も忙しさは変わらんと思うが……？」

「私には夫の支えがありますので」

言って、隣を見遣《みや》る。

この場にも付き添ってくれたフリードと目が合い、緩《ゆる》く笑い合った。

寛容《かんよう》な彼のおかげで、辺境伯夫人としての仕事の大部分を彼やその臣下に肩代わりしてもらい、今は好きなだけ、転移陣構築に注力できる。夫と、支えてくれる皆への感謝は尽きない。

本来なら、目の前の殿下にもあって然《しか》るべき支えだが――

「……本日、ソフィア様はいかがされましたか？」

転移陣に関する王宮側の代表には、王太子殿下だけでなく、未来の妃殿下の名前もある。

だが、今日まで彼女と顔を合わせることはなく、これではただのお飾り、無能を晒《さら》すようなもの。

「……ソフィアは体調を崩している。この場には呼んでいない」

「左様でございましたか」

それが殿下の判断であれば、口は挟まない。

彼女の体調不良とやらがいつ回復するのか知れないまま辞去しようとしたが、殿下の嘆息に引き留められる。

「……私は、どうすべきだったのだろうな」

一瞬、何を言われたのか分からなかった。

「……この状況が良いとは思わぬ。だが、私はどうすれば良いのか。どうすべきだったのか……」

自嘲《じちょう》気味《ぎみ》に語られる言葉に、耳を疑う。次いで、あまりにこちらを馬鹿にした発言に、彼の神経を疑った。

「……それを、私にお尋ねになりますか？」

「筋違いは分かる。貴女を侮《あなど》るつもりもない。だが、最早《もはや》……」

呆《あき》れと怒りに、眩暈《めまい》を覚える。

己の知るアレクシスという男は、ここまで愚鈍ではなかったはずなのに。

「……殿下。一つ、お尋ねしたいことがございます。此度《こたび》の王都側の魔導師増員は、殿下の個人資産から予算を補ったとお伺いしておりますが？」

「ああ。そうだ。……そのくらいしなければ、私が転移陣網構築に関わることは許されなかった。違うか？」

否定はできないため、問いには無言で返して頭を下げる。

「来月の会合、遠隔地諸侯との渡りをつけていただきましたことも、改めてお礼申し上げます」

「それも、そうしなければ、転移陣構築が北部に限られてしまうところだった。北の発展は目覚ましいものとなっていたであろうが……」

結果、生じる格差は国内に軋轢《あつれき》を生んだだろう。

（……本当に、そういうことにはちゃんと頭が回る方なのに）

おかげで、転移陣の構築に関しては、凡《およ》そ己の望む通りに進んでいる。

だからというわけではないが、先ほどの無神経な問いに、自分なりの答えを返す。口を挟むつもりなど、欠片《かけら》もなかったのだが――

「殿下はソフィア様を公妾《こうしょう》になさるべきでした。少なくとも、早くにそう宣言なさるべきでした」

「……ソフィアには、あれには、そうした立場は似合わない」

「であれば、手放して差し上げるべきでした」

最早、どうしようもない過去を口にする。

殿下自身、おそらく承知の上で、認め切れずにいる過去。指摘する者がいなかったため、今、己がその役目を押し付けられている。

「ソフィア様が花の王家の力を顕現《けんげん》なされたのは、果たして、彼女にとって幸運であったのかどうか……」

花の王家――ハブリスタントの血が現王家に入ることは、国にとっては喜ばしい。彼女を正妃とする強力な後ろ盾となる。

だがそれだけでは、公爵家との婚約を反故《ほご》にするには足りなかった。

だから――

「……公爵の娘の罪を暴き花の王家の娘を虐《しいた》げし悪として断罪するという筋書きは、悪くなかったと思います」

多少の不審があったとしても、王家を動かすに至った後であれば、どうとでもなっただろう。

問題は、その後だ。

「私を潰すと決めたのでしたら、徹底的に叩き潰しておくべきでした。何故《なぜ》、私の断罪をあのような場で？　罪を晒《さら》すのであれば、もっと衆目のある場を選ぶべきだったのでは？」

「……ソフィアが望まなかった」

殿下の言葉に「なるほど」と頷《うなず》く。おかげで、己に再起の機会が残されたわけだ。

「悪手、でしたわね？　ソフィア様の願いを退《しりぞ》ける、あるいは、彼女に気付かれぬところで処理しておくべきでした」

殿下の眉間《みけん》に皺《しわ》が寄るが、反論はない。

おそらく、彼自身、何度も考えたことなのだろう。

「食堂の件に関してもそうです。あの場で、私の謝罪を受け入れるべきではありませんでした。ソフィア様を止められなかった。殿下の甘さが原因ではないでしょうか？」

殿下の口から呻《うめ》き声《ごえ》が漏れる。認めて、苦しんで、最後に小さく首肯した彼が項垂《うなだ》れた。

（……でも本当なら、それでも問題はないはずだった）

まだ、筋書きに破綻《はたん》はなかった。

己が首席に拘《こだわ》ったのは少しでも自身の立場を回復するためで、回復したところで、そこそこの相手に嫁《とつ》いで終わる予定だった。ソフィアや殿下を煩《わずら》わせることはなかっただろう。

だが、それで終われなかったのは――

「……殿下の最大の過《あやま》ちは、私の覚悟を見誤ったことです」

己の、彼の地《ち》での誓いを知らぬが故《ゆえ》に。

「私の足掻《あが》きを取るに足らぬと捨て置いたことが、結果として、ソフィア様の望まぬ状況を作り上げました」

互いに譲れぬものがある以上、己は何度でも彼女の前に立《た》ち塞《ふさ》がる。

「……ですから、そうですね？　殿下が成《な》すべきは、私をなんとしても表舞台から引きずり下ろすこと。手を抜くべきではありませんでした」

「っ！」

当然、簡単にしてやられるつもりはなかったが、それでも、極論を言えばそうなのだ。

殿下は私を消しておくべきだった――

◆◆◆

平然と言い放つクリスティーナに、己は甘いと、また、そう言われた気がした。

「……修道院送りか、国外追放か。簡単には戻れぬようにしておくべきでしたわね？」

軽い調子の言葉に、だが、それが実際には容易でないと知っている。

たとえ、彼女を脅威と捉えていても、ウィンクラー公の庇護下《ひごか》にあった彼女を己がどうこうすることは不可能だった。

(……そうか。彼女を公の庇護下《ひごか》から引きずり出せなかった時点で、私は彼女の脅威に気付くべきだったのだな)

気付いたとて何ができたかは分からぬが、あまりに無策であったことは事実。

(そして、今や、彼女を守るのは公爵家だけではない……)

クリスティーナの隣、無言で圧を掛け続ける男がいる限り、彼女を害せる者などいない。加えて、彼女自身が既《すで》に国として失うわけにはいかない存在となった。王太子である自分も、彼女を守らねばならない立場にある。

数年前には想像もしなかった状況。犯した過《あやま》ちが全て自身に返ってきている現状に、もう何度目か分からぬため息をつく。

じっと、こちらを観察していたクリスティーナが口を開いた。

「……殿下は今、どうなさるべきかも分からないと仰《おっしゃ》いましたね？」

「ああ……」

「今からでも遅くはありません。殿下が真にソフィア様の幸福を望まれるのなら、彼女を『王太子の婚約者』というお立場から解放して差し上げるべきです」

「それは……っ！」

聞きたくなかった答えに、背筋が凍り付く。

自身、何度も自問した。そして、どうしても行きついてしまう答え。それと同じものを返されて、逃げ場を失う。

だが、それだけは絶対に認めたくない――

「……できない。ソフィアを手放すことだけは……」

「あら、それは困りましたね。ソフィア様のお幸せを考えれば、それが最善、最も現実的かと思いましたが……」

心が悲鳴を上げる。湧き上がる思いのままに叫んでしまいたかった。

（駄目だ、駄目だ、駄目だ……っ！）

それだけは、絶対に――！

「私はソフィアを愛している。彼女を失うなど、耐えられない……っ！」

「……ソフィア様が変わってしまわれた。以前のソフィア様ではなくなってしまっても？」

「彼女は変わってなどいない」

否定して、小さく息をつく。

確かに、今のソフィアは初めて出会った頃の輝きを失っている。だが、その輝きを失わせたのは己と己の立場。彼女がその本質を失ったわけではない。

「……私はソフィアを信じている」

彼女があの瞳に再び輝きを取り戻すのを待っているのだ。

そう告げると、首を傾《かし》げたクリスティーナがなんでもないことのように言い放つ。

「でしたら、彼女との婚約を継続したまま、殿下ご自身がお立場を変えられることも……」

「っ！　……それもできぬ」

最後まで聞くことができず、クリスティーナの言葉を遮《さえぎ》った。

己を己たらしめてきた「王太子」という立場が揺らぐ。それもまた、ソフィアを失うのと同じ恐怖をもたらすのだ。

クリスティーナが「では」と呟《つぶや》いた。

「後はもう、現状維持しか答えはないのではありませんか？」

「現状維持、か……」

彼女から明確な答えを得られると思っていたわけではない。だが彼女なら、自身の思いもつかぬ妙案を持つのではと期待していた。

その希望が潰《つい》え、目の前が暗くなる。この地獄がまだ続くのかと思うと——

「ですが、殿下、それほど悲観なさる必要はありません」

「……何故《なぜ》？」

「現状維持ではありますが、心の持ちようはいくらでも変えることができます。……いいではありませんか、今のままで」

そう言って薄く笑んだクリスティーナの瞳の内に、得体の知れぬ何かを見る。

「ソフィア様はご自身の境遇が不満のようですが、彼女には殿下がいらっしゃいます。ソフィア様には、周囲を気にせずに殿下だけをご覧になるよう、気持ちを切り替えていただけばいいのです」

「だが、それでは……」

ソフィアはいつまで経っても妃として認められない。ここまでの彼女の努力も全て無駄になってしまう。

「きっと楽に……いえ、お幸せになれると思いますよ？　殿下はソフィア様を愛していらっしゃるのでしょう？」

「それは、無論だ……」

「であれば、ソフィア様もいずれ周囲の目など気にされなくなります。自分を愛してくださる方が一人いてくだされば、それで良いではありませんか」

さも当然のように言うクリスティーナの思考が恐ろしかった。

それでは、そうなってしまっては、ソフィアは——

「ソフィア様を周囲の目から遠ざけるのも良いかもしれません。殿下のご負担は今より大きくなるでしょうが、それも、ソフィア様のためを思えば……」

クリスティーナの口元に、慈愛を思わせる笑みが浮かぶ。

「殿下は後世に、愛に溺《おぼ》れた君主との烙印《らくいん》を押されるやもしれません。ですがそんなもの、殿下ご自身の力、治世という結果で跳ねのければ良いのです」

「辺境伯夫人……、貴女は本気で言っているのか？」

呼吸が浅くなる。クリスティーナの笑みが深くなった。

「ええ、もちろん。ですが、時間はまだあります。今、決めてしまわれずとも、お二人でゆっくり話し合われてはいかがでしょう？　……殿下が立太子されたのが十三の頃、後、五年の猶予《ゆうよ》はあるでしょうから」

「っ⁉」

陛下と同じ言葉。

暗に弟の存在を示され、思考がグルグルと回る。

諦念《ていねん》と共に受け入れていた現状に、また新たな毒を投げ込まれた。気付かぬ振りをしていた絶望が表層に浮かび上がってくる。

（……ああ、私はまた間違った）

クリスティーナに、己が裏切った相手に、弱音とはいえ、助言など求めるのではなかった。何故《なぜ》、それが許されると思ったのか——

目の前の楽しげな表情。弧を描く唇が妙に鮮明に見える。

鈍化していたはずの苦しみが、再び、思考を真っ黒に塗《ぬ》り潰《つぶ》していく。

◆　◆　◆

久しぶりに訪れた王宮は、少しだけ居心地が悪い。

今までそんなこと感じたこともなかったのに、「場を弁《わきま》えろ」と口を酸《す》っぱくして言い続ける人のせいで、自分の礼儀作法を気にするようになった。

だから、ちょっとだけ普段より気を遣って、庭園横の回廊を歩く。

だけど、廊下の先に懐かしい人の姿を見つけて、そんな意識は吹き飛んでしまった。

「ソフィアッ！」

大きな声で名前を呼んで、振り返った彼女に駆け寄る。

「……パウル、君？」

「うわー、本当にソフィアだ！　久しぶり、じゃなくて、えっと、お久しぶりです。お元気でしたか？」

途中で相手はもうただの級友じゃなくて尊きお方ってやつなんだと思い出し、言葉遣いを改める。

「うん、元気、だよ。……パウル君も？」

そう返したソフィアは、言うほど元気じゃない。あの頃の楽しげにキラキラしていた雰囲気が消えて、そのせいか、彼女が以前より小さく感じられた。

（あー、ひょっとして、これがお妃様教育の影響、なのかな……？）

自分でさえ、久しぶりに会った相手に「おとなしくなった」と言われることが増えたのだ。彼女の苦労は、きっとその比じゃない。

ソフィアが自分の知る彼女ではなくなってしまうのが、寂しい気もした。

「……ソフィア様がお元気で良かったです。僕も、忙しいですけど、元気にやっています」

気を抜かないように注意して言葉を選ぶと、ソフィアが困ったように笑う。

「パウル君、なんだか、変」

「えっ、変!?」

「うん。話し方がパウル君じゃないみたいで、ちょっと……」

彼女の評価に、「うわー、やっぱり」と頭を抱える。

一応、それなりの場ではそれなりに話せるようになったと褒められたばかりなのに。旧知の間柄ではやっぱり「変」なんだなと、若干、落ち込む。

「あの、パウル君、無理はしないで、普通に話して？　名前も、今までみたいに『ソフィア』でいいんだよ？　友達なんだから」

「あー、うん、ありがとう。……でも、さすがにそれは怒られちゃうからなぁ」

ソフィアの優しさに気持ちは軽くなったが、だからといって、その言葉に甘えるわけにはいかない。

「怒られるの？」と首を傾《かし》げたソフィアに、「うん」と頷《うなず》く。

「クリスティーナ様に、『公私の区別くらいはつけなさい』って怒られるんだ。……じゃなくて、怒られますので」

彼女には、「私的な場所では諦めた」とは言われているが、多分、王宮の庭園は私的な場所じゃない。それに、たとえ私的な場所であろうと、ソフィアに敬称をつけないのがマズいのは分かる。

緩《ゆる》んだ気持ちを引き締め直すと、ソフィアがなんだか悲しそうな顔をした。

「……パウル君は今もクリスティーナさんと会ってるの？」

「はい。……あれ、知りませんでしたか？　今、王都とタールベルクを繋ぐ転移陣を作っていて、僕がその陣の構築をやってるんです。クリスティーナ様はタールベルクの代表？　みたいなことをされています」

「それは知ってる、けど……。それで、どうしてパウル君がクリスティーナさんに怒られないといけないの？」

ソフィアの言いたいことが分からずに首を傾《かし》げると、彼女は憤慨《ふんがい》した。

「だって、そんなの、クリスティーナさんが怒るようなことじゃないでしょう？　パウル君はその話し方も含めてパウル君なんだから。私は今まで通りのパウル君がいいよ」

「あー……」

なるほど。僕が「怒られる」なんて言い方をしたから、どうやら誤解させてしまったらしい。だから「違うんだ」って意味で、笑って首を横に振る。

「武器になるそうです」

「え？」

「その場に合わせたちゃんとした言葉遣いは武器になるって、クリスティーナ様が」

ソフィアが「武器？」と尋ねるのに、「はい」と頷《うなず》く。

「僕の話し方では、貴族や騎士団の偉い人たちに侮《あなど》られる。馬鹿にされて相手にしてもらえないんです。だから、言葉で武装する、らしいです」

クリスティーナにそう言われて、最初はそんな馬鹿なって思ったたし、聞かない奴は放っておけばいいと思っていた。それが、実際、会合に呼ばれて転移陣の解説をする際に言葉を意識するようになると、それまでより断然、話を聞いてもらえることが分かった。

「言葉一つで話を聞いてもらえて、それで仕事がやりやすくなるならいいかなぁって、今は思ってます。後は体裁《ていさい》？　集団の中では秩序を守っておいたほうが動きやすいらしいので」

要するに張りぼて、形ばかりの敬意な場合が多いけれど、そこで固辞する理由もない。自分自身はその程度の意識だったけれど、何故《なぜ》かまだ、ソフィアは悲しそうな顔をしている。

「……クリスティーナさんの言いたいことは分かるよ。でも、なんでそれをパウル君に押し付けるの？　パウル君が窮屈《きゅうくつ》な思いをする必要なんてないのに」

「えぇっと、まぁ、窮屈《きゅうくつ》というか、大変は大変ですけど、でも、それで仕事が上手《うま》くいったら、喜んでもらえるんです。喜んでくれる人がいるから頑張れます」

思い出して、自然と笑う。

途端、ソフィアの顔が強張るのを見て、「しまった」と気付いた。

(確か、『貴人の前では表情を取り繕《とつくろ》うことも大事』なんだっけ？)

今、思いっきり笑ってしまった自覚がある。「やってしまったなぁ」と反省していると、ソフィアのか細い声が聞こえた。

「……パウル君が喜んでほしい人って、誰？　もしかしてクリスティーナさん……クリスティーナ様、なの？」

確かに、喜んでほしい人の一番は彼女なので、「はい」と頷《うなず》く。目を見開いたソフィアが、小さく首を横に振った。

「嘘……。だって、転移術は元々……。どうして、なんで、クリスティーナ様のためなの？」

「えーっと、クリスティーナ様のためっていうか……」

ちょっと言葉を探す。

最初に転移術を考えたのは、「クリスティーナ様に認められたい！　会いに行きたい！」という不純な動機から。従属の縛りのせいで王都を長く離れられない自分が、辺境にいる彼女に会うためにはどうすればいいかって考えた末の産物。

だけど――

「僕さぁ、やっぱり、魔術研究が好きなんだよね」

「……うん」

「だから、転移術の研究もすっごく面白いんだ。ただ、未知の領域が多すぎて、めちゃくちゃ大変なのも本当。なのに、クリスティーナ様が無茶ばっかり言うから、頭パーンってなりそうな時もあるんだけど……」

でも、と思う。

「みんなが喜んでくれるんです」

「みんな……？」

「はい」と返して、頭に浮かんだ人たちの笑顔に思い出し笑いをする。

「僕、転移陣の関係で何度かタールベルクに行ったんですけど、ソフィア様は十六年前の大侵攻のこと知ってますか？」

「ええ、一応……」

「そうなんだ！　さすがですね。僕、大侵攻のこと、歴史でしか知りませんでした。だから、まぁ、あまり身近じゃなくて。けど、辺境に行ったら、みんなが知ってて、たくさんの人が家族を亡くしてて、なんて言うか、全然、全然、過去じゃないんです……」

知った事実に、突然、世界をグイと広げられたような気がした。

「……そんな人たちが僕の研究に『ありがとう』って言ってくれるんです。すっごく期待されてて、『待ってるから』って言われて。それで、実験が成功する度にみんなで喜んでくれて……」

それがどんなに小さな成功であろうと、大袈裟《おおげさ》なくらいに喜んでくれるから。それでまた、自分は頑張ろうと思えるのだ。

これで伝わっただろうかとソフィアを見つめると、潤《うる》んだ瞳で見つめ返された。

「……パウル君はすごいね」

「すごい、ですか……？」

「うん、すごいよ。自分の研究を成功させて、それでみんなに喜んでもらえて。……それに比べて私は、なんの役にも立てないし、何もできない……」

急にかげった彼女の表情に胸が痛んだ。彼女の、そんな顔は見たくない。

「ソフィア様もみんなのために何かしたいんですね？　だったら、一緒に転移陣構築やってみますか？」

「そ、それは……、無理だよ。きっと、私じゃ……」

「どうして？　ソフィア様は魔術得意じゃないですか」

躊躇《ため》らう彼女に「大丈夫だ」と告げるが、首を横に振られてしまう。

「魔術が得意だったのは学園に通ってた頃のことで、今はもう……。魔導師でもないし、他に色々とやらなくちゃいけないこともあるから」

視線を逸《そ》らしてしまったソフィアに、本当に大変なんだなと思う。だけど、やっぱり、少し勿体《もったい》ない気もした。

「絶対、ソフィア様もできると思うんだけどなぁ……」

「ありがとう。パウル君は優しいね。お世辞でも、そういうふうに言ってもらえて嬉しい」

「お世辞じゃないよ！」

自分を卑下《ひげ》するソフィアの言葉を否定する。

「だって、ほら、クリスティーナ様だって魔導師じゃないでしょう？　けど、あの人、転移陣構築を仕切っちゃってるくらいだから！　しかも辺境伯夫人とかで、かなり忙しい立場の人なのに！」

それでもできるのだと分かってほしくて、ソフィアを説得するための言葉を探す。

「魔導師でなくても、転移術が分かればいいんだよ。実際、クリスティーナ様だって、魔術はほとんど駄目なくせに、転移術はある程度理解しちゃってるんだ！」

それがあの人のすごいところだと、改めて思う。

「確かに、術式のことをなんにも知らない人に仕切られちゃったら、スッゴい迷惑だよ？　なんだけど、クリスティーナ様はその辺のさじ加減が絶妙なんだよねぇ」

かなり難しい。でも、できなくはない。みたいなことを要求されてしまう。

「騎士団なんかに説明する時もさぁ、僕がついつい技術的な話ばっかりになっちゃうのを軌道修正してくれたり、騎士団の人たちに伝わるように言い換えてくれたり、そういうのがスッゴい上手なんだ！」

「だから」と、ソフィアに向かって笑う。

「ソフィア様でも、全然、大丈夫！　暇になったらでいいから、手伝いに来てよ。あ、じゃなかった、手伝いに来てください」

「……うん」

こちらの勢いが強すぎたのか、ソフィアは曖昧《あいまい》に頷《うなず》いて、さっきより元気がなくなってしまった。

（あー、全然、駄目だ。僕、誰かを励《はげ》ますのとか、ホント下手《へた》くそ……）

どうしたらいいんだろうと迷っていると、庭園の向こうの回廊に人影が見えた。

「あ、クリスティーナ様だ。やったね。もう、お仕事終わったみたい」

思わず、そちらに意識が持っていかれる。

「……パウル君はクリスティーナ様に会いに来てたの？」

「うん、そうだよ？」

答えながら、クリスティーナを視線で追う。大声で呼んで手を振りたかったのを、我慢する。それは、多分、ここではやっちゃ駄目なやつだから。

彼女を見失う前に追いかけようと、ソフィアに別れを告げた。

「じゃあね、ソフィア様、また今度。転移術の件、考えておいてね！」

「っ！　待って、パウル君……！」

手を振って立ち去ろうとしたが、ソフィアに呼び止められる、ケープの端を掴《つか》まれて、動きを止めた。

「えっと、ごめんなさい、ソフィア様。僕、今日はどうしてもクリスティーナ様を捕まえて話をしないといけないので、そろそろ行かないと……」

「お願い、パウル君。もう少しだけだけでいいから……！」

そう言うけれど、特に用はないらしいソフィアに、もう一度、「ごめんなさい」と告げる。

「僕、従属の縛りがあるから、ずっと辺境に行きっぱなしってわけにいかないんだ。だから、クリスティーナ様とも簡単に会えなくて、会える機会は逃がしたくないっていうか……」

ソフィアの表情がまた強張る。

「あー、もう、本当にごめん！　辺境に常駐してる奴ばっかりズルいよね！　僕も、もういっそ、学園長ごと辺境に移住すればいいかなって思ってるんだけど、学園長は学園を離れられないって言うから、今日しか機会がなくて！」

ソフィアの手が、スルリとケープから離れた。俯《うつむ》いてしまったソフィアには、本当に本当に、申し訳ないなって思うけど――

「じゃあね、ソフィア様！　僕、もう行くね」

手を振って歩き出す。

彼女の負担にならないよう、「待ってるね」の一言は最後まで呑み込んだまま――

この作品に対する皆様のご意見・ご感想をお待ちしております。

おハガキ・お手紙は以下の宛先にお送りください。

【宛先】

〒150-6019 東京都渋谷区恵比寿4-20-3 恵比寿ｶﾞｰﾃﾞﾝﾌﾟﾚｲｽﾀﾜｰ 19F
（株）アルファポリス　書籍感想係

メールフォームでのご意見・ご感想は右のＱＲコードから、
あるいは以下のワードで検索をかけてください。

アルファポリス　書籍の感想　検索

ご感想はこちらから

本書は、「アルファポリス」（https://www.alphapolis.co.jp/）に掲載されていたものを、
改題、改稿のうえ、書籍化したものです。

悪役令嬢《あくやくれいじょう》の矜持《きょうじ》2　～婚約破棄《こんやくはき》、構《かま》いません～

リコピン

2024年 3月 5日初版発行

編集－黒倉あゆ子
編集長－倉持真理
発行者－梶本雄介
発行所－株式会社アルファポリス
〒150-6019 東京都渋谷区恵比寿4-20-3 恵比寿ｶﾞｰﾃﾞﾝﾌﾟﾚｲｽﾀﾜｰ19F
TEL 03-6277-1601（営業）03-6277-1602（編集）
URL https://www.alphapolis.co.jp/
発売元－株式会社星雲社（共同出版社・流通責任出版社）
〒112-0005 東京都文京区水道1-3-30
TEL 03-3868-3275
装丁・本文イラストーれんた
装丁デザイン－AFTERGLOW
（レーベルフォーマットデザイン―ansyyqdesign）
印刷－中央精版印刷株式会社

価格はカバーに表示されてあります。

落丁乱丁の場合はアルファポリスまでご連絡ください。

送料は小社負担でお取り替えします。


ISBN978-4-434-33356-9 C0093